漱石の俳句・漢詩

Soseki no Haiku, Kanshi

神山睦美

コレクション日本歌人選037
Collected Works of Japanese Poets

笠間書院

『漱石の俳句・漢詩』

目次

俳句

漢詩

凡例

一、本書には、明治・大正時代の作家夏目漱石の俳句二十首・漢詩二十首を載せた。

一、本書は、漱石の俳句・漢詩を漱石自身の生の軌跡に沿って味わうことを特色とし、小説表現にも通ずるその思想を取り出すことに重点をおいた。

一、本書は、次の項目からなる。「作品本文」「出典」「口語訳」「鑑賞」「脚注」「略歴」「略年譜」「筆者解説」「読書案内」「付録エッセイ」。

一、テキスト本文は、主として『漱石全集』(岩波書店)第十七巻・第十八巻に拠り、適宜ふりがなをふって読みやすくした。

一、鑑賞は、基本的には一首につき見開き二ページを当てたが、重要な作には特に四ページを当てたものがある。

漱石の俳句・漢詩

俳句

01 行く秋や縁《ゑん》にさし込む日は斜《ななめ》

晩秋に近づいて、日も短くなってきた。狭い縁側にさし込む日も、この間までとは違って、少しずつ斜めにかたむいていることだ。

【出典】「子規へ送りたる句稿十八」

まずは、明治二十九年、「子規へ送りたる句稿十八」のなかの一句から。

漱石は、一高本科以来の学友であり、生涯の友でもあった正岡子規《しき》＊から俳句の手ほどきを受けていた。近代における短歌・俳句の革新運動を独力《どくりょく》で進めていた子規にとっても、漱石は、最大の理解者であった。だが、漱石の俳句は、子規の俳句の斬新《ざんしん》な趣きとは異なって、平明で淡々とした懐《なつ》かしさを感じさせるものだった。

「行く秋」を枕にした句は、芭蕉＊以来、様々な俳人によって詠《よ》まれている。

＊正岡子規《しき》―一八六七年―一九〇二年（慶応三年―明治三十五年）。本名、常規《つねのり》。俳人、歌人。俳句、短歌のみならず、評論、随筆にも秀作を残す。二十二歳で結核のため喀血し、晩年の七年間は病床に伏しながら創作を続けた。

＊芭蕉―松尾芭蕉。一六四四年―一六九四年（寛永二十一年―元禄七年）。江戸時代に栄え

なかで漱石のそれは、平俗な表現による日常詠といった点に特徴があるといえる。たとえば、「行く秋をしぐれかけたり法隆寺」といった子規の句には、「蛤《はまぐり》のふたみに別れ行く秋ぞ」「初しぐれ猿も小蓑《こみの》を欲しげなり」といった芭蕉の句につながるものがある。子規には、芭蕉の唱《とな》えた*「わび」「さび」といった境地を、近代的な意匠《いしょう》で引き受けることによって、*新しい俳句のありかたを模索《もさく》しようという思いがあった。

しかし、この時期の漱石に、そのようなモチーフを見い出すことはできない。代《か》わって見られるのは、「行く秋や消えなんとして残る雲」といった句にも見られるような、どこか茫洋《ぼうよう》とした自然や生のありかを思いのままに詠むといった傾向である。

この「行く秋や縁にさし込む日は斜」という句にしても、例にもれない。ここに詠まれた淡々とした日常風景は、どちらかというと、小説の一場面を思い浮かばせるものといえる。後年、*『門』において、漱石は、崖下《がけした》の日の当たらない貸家に住む宗助とお米《よね》という夫婦の日常を描いた。日が中天《ちゅうてん》に掛かる頃、ようやく縁側に差し込む陽射《ひざ》しのなかでくつろぐ宗助とお米の姿を、この句の向こうに思い描いてみるのも一興《いっきょう》である。

た俳諧を、詩芸術として自立させた。旅を境涯とし、『奥の細道』『野ざらし紀行』などを残した。俳聖とされ、後さまざまに神話化されたが、芭蕉本人はそのようなあり方を厳しく退けていた。

*「わび」「さび」―「わびしい」「さびしい」を語源とする日本的美意識。芭蕉はこれを、俳諧における理念にまで高めた。

*新しい俳句のありかた―子規は、芭蕉を批判して蕪村の再発見を行ったとされている。しかし、子規の目指した「新しい俳句のありかた」とは、芭蕉をも蕪村をも貫く精神を体現することであった。

*門―一九一一年（明治四十四年）一月刊。『三四郎』『それから』とともに前期三部作とも言われる。親友の妻であったお米と宗助夫妻のひそやかな日常生活が描かれる。

02 名月や故郷《ふるさと》遠き影法師

【出典】「子規へ送りたる句稿五」

十五夜の夜、夜道をそぞろ歩いていると、故郷《ふるさと》がしのばれるようなやるせなさに不意にとらえられた。そんな思いに似て、自分の影法師も、長く尾を引いていたことであった。

前句と同時期の作。秋の季語である「名月」は、俳句をつくる者にとって一度は挑戦したい言葉の一つといえる。実際、芭蕉から蕪村*、一茶*、子規、虚子*と「名月」を詠んだ句には名句が多い。なかでも、「名月や池をめぐりて夜もすがら」という芭蕉の句は、人口に膾炙《かいしゃ》され、現在でもインターネットのブログやツイッターなどに引かれることがある。

芭蕉の句に並べて「名月やうさぎのわたる諏訪の海」（蕪村）、「名月を取

*蕪村—与謝《よさ(の)》蕪村《ぶそん》。一七一六年—一七八四年（享保元年—天明三年）。松尾芭蕉、小林一茶とともに江戸時代を代表する俳諧師。俳画の創始者としても知られる。

*一茶—小林一茶《いっさ》。一七六三年—一八二八年（宝暦十三年—文政十年）。俳諧を生の表現と

つてくれろと泣く子かな」（一茶）、「名月やわれは根岸の四畳半」（子規）と挙《あ》げてゆくと、なるほど、名句というものは、それぞれの俳人の個性を際立たせて間然《かんぜん》するところなしと思わせる。これに漱石の句を継いでみるならば、やはり、漱石は漱石として他に紛《まぎ》れることがない。

子規は漱石の句を評して「意匠《いしょう》が斬新《ざんしん》で句法もまた自在」と言ったと伝えられている。斬新さにおいては、子規の右に出る者はいなかったとしても、自在ということでは、漱石の淡く懐かしい句の趣きに、一歩譲るものがあったともいえる。

「故郷《ふるさと》遠き」という言葉に、当時、子規*の居る四国松山の句会で俳句を詠んでいた漱石の、故郷《ふるさと》東京への望郷の思いを汲《く》み取ることもできる。しかし、日本人にとって「故郷」というのは、「故郷《ふるさと》の訛りなつかし停車場の人ごみの中にそを聴きにゆく」という啄木*の歌にあるような、東京から遠く離れた地方といった意味合いのものといえる。

江戸っ子漱石にとって、「故郷《ふるさと》」とは、この世に存在しないがゆえにかえって心引かれる影法師のようなものだった。名月に誘われて夜道をそぞろ歩く漱石の心に、淡いノスタルジーの消えやることはなかったのである。

して自立させた点で、芭蕉、蕪村と並び称される。代表作に『おらが春』。

*虚子—高浜虚子《たかはまきょし》。一八七四年—一九五九年（明治七年—昭和三十四年）。子規と同郷で、子規より俳句の手ほどきを受ける。後、子規の創刊した俳誌「ホトトギス」を受け継ぎ、漱石の寄稿も受けるようになる。

*子規の居る四国松山—明治二十八年、日清戦争に記者として従軍した子規は、その帰路に喀血《かっけつ》し、当時、松山中学教諭として赴任していた漱石のもとに寄寓することになった。

*啄木—石川啄木《たくぼく》。一八八六年—一九一二年（明治十九年—明治四十五年）。明治時代を代表する歌人。短歌だけでなく詩、評論においても時代を画する作品を残した。

03

海嘯《つなみ》去って後《あと》すさまじや五月雨《さつきあめ》

【出典】「子規へ送りたる句稿十五」

津波の去った後の凄まじさには、筆舌《ひつぜつ》に尽くしがたいものがある。どこまでもつづく瓦礫の山に、五月雨《さみだれ》が降りそそいでいることだ。

これもまた、同じ時期の作。「子規へ送りたる句稿」は、明治二十八年から明治二十九年まで数えて二十一にのぼる。だいたいが、前二句に見られるような平俗調、日常詠である。この句も、その一環と見て差し支えないのだが、明治二十九年六月の三陸沖大津波に際して詠まれたということを考慮に入れるならば、ここにみられるのは、五月雨《さみだれ》に降り込められた日常の情景とは趣きの異なるものということもできる。

理由は二つ挙げることができる。この句が、芭蕉の「五月雨《さみだれ》を集めてはやし最上川」という名句を連想させること。そして、ここに詠まれた「海嘯《つなみ》」

という言葉が、同時期に書かれた「人生」という文章にもみとめられるということである。

　まず後者から見ていこう。漱石は、明治二十九年、松山を去って熊本で教《きょう》鞭《べん》を取ることになるのだが、その熊本第五高等学校校友会雑誌に発表されたのがこの「人生」という文章なのである。いわく、私たちの心のなかには、底辺のない三角形があって、どこまでいっても二辺のつながることがない。人生は平行線をたどったまま、ついに完結しない。不測の事態が起こるように、思いがけない心が心の底から出てくる。「海嘯《つなみ》と震災は、ただに三陸と濃尾に起こるのみにあらず。また自家丹田中《たんでん》にあり、剣呑《けんのん》なるかな」。

　この「海嘯《つなみ》」が、心の奥底から起こる思いがけない心のたとえであることはいうまでもない。同時に、それがこの句の「海嘯《つなみ》去つて後すさまじや」という一節に響き合っていることも否定できない。その凄まじさは、芭蕉の「五月雨《さみだれ》を集めてはやし最上川」にまで通じているということもできる。そう思ってこの句を読むと、海嘯《つなみ》去った後《あと》の凄まじさを前にした漱石は、轟々《ごうごう》と流れる最上川の岸に立つ芭蕉の姿にも重ねられるのである。東日本大震災以後から顧みるとき、あらためて漱石や芭蕉の慧眼《けいがん》を思わずにいられない。


*自家丹田中《たんでん》にあり、剣呑《けんのん》なるかな―自分の心の奥の奥からも起ってくる。怖ろしいことであるよ。

04

人に死し鶴に生まれて冴え返る

【出典】「子規へ送りたる句稿二十三」

この日頃、寒さもぶり返し、俗世間の汚濁《おだく》にまみれているると、死んで鶴に生まれ変わるという澄明な心境を求めたくなってくることだ。

明治三十年、「子規へ送りたる句稿二十三」のなかの一句。この年になると、漱石の句調に微妙な変化がきざしてくる。平俗な日常風景を詠むという点では大きな違いはないのだが、これに、どこか澄明《ちようめい》な心境がくわわるのである。

前年、松山から熊本に移り、第五高等学校講師となった漱石は、婚約を交《か》わしていた貴族院書記官長*中根重一《しげかず》の長女 鏡子《きようこ》と、ささやかな結婚式を挙

＊貴族院書記官長―貴族院事

げる。この結婚が、漱石の俳句表現に変化をもたらしたことは、否定できない。漱石のなかのそぞろ懐《なつ》かしい日常感覚は、結婚を機に、現実の生活意識に裏打ちされたものとなっていくのである。

幼くして養子に出され、後に復籍したものの、家族についての現実から疎《うと》まれたような生を送ってきた漱石にとって、結婚は、安心をもたらす最大の要因であった。この句に詠まれた清澄《せいちょう》な心境が、現実の汚濁《おだく》を厭《いと》い、はるかなるものを憧憬《どうけい》する心であることは明らかだが、なおかつここにあらわれた転生《てんしょう》の主題には、清新なエロティシズムを思わせるものがある。漱石にとって、結婚とは、男女一対の心の和合《わごう》を象徴するものだった。

「冴え返る」は、旧暦二月、寒さが急にぶり返す意味で、春の季語。「三日月はそるぞ寒はさえかへる」（一茶）、「野辺送りきのふもけふも冴え返る」（子規）、「流氷のいつ戻りけん冴え返る」（碧梧桐*）といったぐあいに、写生句に一層の現実感をあたえる効果がある。しかし、漱石の句に限っては、心境の喩《ゆ》のようにつかわれていて、そこに生まれる清澄な趣きは、他の追随をゆるさないものといえる。「意匠が斬新」という子規の評言は、この句などに当てはまるものかもしれない。

務局の長。現在の参議院事務総長の前身。

*碧梧桐―河《かわ》東《ひがし》碧《へき》梧《ご》桐《とう》。一八七三年―一九三七年（明治六年―昭和十二年）。子規、虚子と同郷。虚子とともに子規より俳句の手ほどきを受ける。後、五七五にとらわれない新傾向俳句へと向かった。

05

月に行く漱石妻を忘れたり

【出典】「子規へ送りたる句稿二十六」

妻を残して一人熊本に下る自分は、まるで月に昇っていくかのような心境である。漱石の魂は妻を忘れて漂っているとみなされるやもしれない。

前句と同時期の作。詞書《ことばがき》に「妻を遺して独り肥後《ひご》に下る」とある。前年の六月以来新婚生活を送っていた漱石は、実父直克《なおかつ》の訃報《ふほう》に会い、妻鏡子を伴って上京。妊娠していた鏡子は、東京に着くとまもなく流産する。養生《ようじょう》のために東京に残る妻を後に、漱石は単身熊本に帰ることになる。

背景をたどっていけば、この句に漂《ただよ》うそこはかとない寂《さび》しさのようなものは、以上のような生活上の不如意《ふにょい》に由来することがわかる。鏡子は、この流

＊道草—俳句07を参照。

＊行人—一九一二年—一九一三年（大正元年—大正二年）。東京朝日新聞連載の長編小説。

産がもとで翌年再び妊娠するものの、強度のヒステリー症状に悩まされることになる。その間の事情は、『道草』*にも描かれているが、そこに登場する「妻」は、この句に詠まれた妻に比べてはるかに人間臭く、また自己主張の強い女性である。

句の方に目を移してみるならば、「妻を遺して独り肥後に下る」という詞書からして、この妻がどこか存在感の薄い、それでいていつでも夫の傍《かたわら》に寄り添っているような女性として描かれているのを否定できない。この時期、漱石にとって鏡子はそのような妻としてあったことを、この句はよくあらわしている。

漱石は、『門』からはじめて『行人《こうじん》』*『こころ』*『道草』『明暗』*と繰り返し夫と妻の関係を描いた。『道草』に象徴的なように、どちらかというと理解しあえない間柄《あいだがら》というのが一般であった。なかで、夫の心を理解できないと嘆く『こころ』の「先生」の妻には、それでも夫に寄り添ってやまないといったところがあった。そのような妻のイメージは、もしかしたら、この俳句に描かれた「妻」から引き出されたものかもしれない。「先生」の魂が、妻静《しず》の存在を忘れるように、月に昇っていくといったことも思わせる句である。

主人公一郎の苦悩が、妻直とのあいだで理解できないまでに深まっていく様子を、弟二郎の眼を通して描き出す。『彼岸過迄』『こころ』と続く後期三部作の一つ。

*こころ―一九一四年（大正三年）東京朝日新聞連載の長編小説。大学生の「私」と、「私」が「先生」と呼んで敬慕する人物との、出会いから別れまでを描き出す。一人の女性をめぐって友人を裏切ったという思いを明かし自殺する「先生」の姿が印象的。

*明暗―一九一六年（大正五年）東京朝日新聞に連載。漱石の死によって、未完となる。主人公津田と、その妻お延との行き違いの理由を、彼らの結婚の経緯から解き明かしていく本格的な近代小説。家族、友人、上司（その妻）との関係を浮き彫りにする方法が、秀逸。

06

朝寒《あささむ》み夜《よ》寒みひとり行く旅ぞ

【出典】「子規へ送りたる句稿二十六」

晩秋の明け方の寒さ、夜半の寒さは耐え難いものだが、そのような寒さを背負って一人旅する心境とは、どういうものだろうか。このごろの独りの寂しさに、ついそんなことを思ってしまう。

前句と同時期、熊本での作。妻と離れた独り暮らしの所在無《しょざいな》さからか、寂しい心境を詠んだ句としてこの他にも、「淋しくば鳴子《なるこ》をならし聞かせうか」「寂《せき》として椽《えん》に鋏と牡丹哉」などがある。総じて秀句といえる。

漱石のなかには、生涯消えやらない寂しさのようなものが染み付いていて、それはさまざまな作品にかたちを変えてあらわれている。薄幸《はっこう》の生《お》い立《た》ちに由来するものともいえるのだが、この寂しさの塊《かたまり》のようなものから生れ落ちたからこそ、そのような生い立ちとなったともいえるのである。

漱石よりも一世代下で、石川啄木などと親交のあった若山牧水*の歌に「幾山河越えさり行かば寂しさのはてなむ国ぞ今日も旅ゆく」「白鳥《しらとり》は哀しからずや空の青海のあをにも染まずただよふ」というのがある。

これなども、生れ落ちる前から寂しさの塊《かたまり》のようなもののなかにあったとしか思われない者の歌といえる。漱石や牧水にかぎらず、詩的なものの根源にはそのような機微《きび》がはたらいていて、これを、いかにして言葉で綾なすかに、俳句や短歌にかぎらない、文学そのものの存立がかかっているということもできる。

「朝寒《ちょうかん》」「夜寒」は秋の季語。「病雁《びょうがん》の夜さむに落ちて旅ね哉」という芭蕉の句など、寂しさの塊《かたまり》を詠んだ名句の一つとして長く記憶にのこるものである。ちなみに、漱石には「朝寒」を季語とした句が多く、「朝寒の鳥居をくぐる一人哉」「朝寒や雲消て行く少しづつ」「朝寒み白木の宮に詣でけり」「朝寒や生きたる骨を動かさず」といった具合に、どれも寂しさの境地、躍如《やくじょ》たるものがある。ここから『門』や『こころ』の寂然《せきぜん》とした自然や心象風景の描写までは、一歩である。

*若山牧水―一八八五年―一九二八年（明治十八年―昭和三年）。旅を愛し、酒を愛し、情熱的な恋においても人後に落ちない生涯を送った。多くの歌集を残し、四十三歳で病に倒れる。

07

安々と海鼠《なまこ》の如《ごと》き子を生めり

【出典】「子規へ送りたる句稿三十五」

あれほど悪阻《つわり》のひどかった母体が、安々と、まるで海鼠のような赤子を産み落としたことだ。

明治三十二年、五月十一日、長女筆《ふで》生れる。妻の悪阻《つわり》とヒステリーに悩まされるも、無事、健康な女児出産ということで、喜びのふつふつと湧《わ》きあがるのをおぼえたに違いない。この句から感じられるおおらかさと諧謔《かいぎゃく》味は、そのような漱石の思いに由来する。

「海鼠の如き子」というのは卓抜の喩えといえるのだが、もちろん、「海鼠」は冬の季語として俳句には親しい言葉である。「海鼠」をよんだ名句も、

「いきながら一つに氷る海鼠哉」（芭蕉）、「浮け海鼠佛法流布の世なるぞよ」（一茶）、「天地《あめつち》を我が産み顔の海鼠かな」（子規）といった具合にいくつか挙げることができる。さらに、漱石はこの季語を好んだらしく、「何の故に恐縮したる生海鼠《なまこ》哉」を初めとして数句がのこされている。

しかし、芭蕉、一茶、子規に比べて漱石の句趣《くしゅ》は明らかに異なっている。前三者が、「海鼠」をどこかとらえどころのない天地存在の喩《ゆ》であるかのように見ているのに対して、漱石は、その様相を諧謔《かいぎゃく》そのものとみなしている。よくいわれる漱石のユーモアの由来は、このあたりにあるといっていいだろうか。

とはいえ、この世に生れてくるものを、とらえどころのない海鼠の如きものとする見方は、同じように出産の場面を描いた『道草』*の八十節にさらなるリアリティをもって描かれている。夫が手にするぬるぬるしたその存在は、海鼠というよりも寒天《かんてん》にたとえられるのである。「その或物は寒天のようにぷりぷりしていた。そうして輪郭《りんかく》からいっても恰好《かっこう》の判然しない何かの塊《かたまり》に過ぎなかった」。もはやここにあるのは、ユーモアといったものではない。存在への怖《おそ》れと慈《いつく》しみといったものなのである。

＊道草──一九一五年（大正四年）東京朝日新聞連載の長編小説。漱石をモデルとした主人公健三が、養父をはじめとする家族・親族への対応にゆれる姿を自然主義的な筆致のもとに描き出す。日常の奥にかいまみられる存在への怖れを浮き彫りにする方法が、斬新。

08

秋風の一人をふくや海の上

【出典】「寺田寅彦宛はがき」明治三十三年九月六日

遠い国へとむかう洋上の汽船に、秋風が吹き抜けていく。故国を後にして一人甲板に立つ寂しさは、いいがたいものだ。

明治三十三年五月、文部省から英国留学の辞令が下る。四ヵ月後の九月八日、漱石は横浜を出帆《しゅっぱん》することになる。この句は、出帆の二日前、寺田*寅彦宛の葉書に記されていたものである。

漱石の英国留学は、当時として大変な名誉であったのだが、親戚縁者の称《しょう》賛《さん》をよそに、自身のなかにはあまり積極的になれないところがあった。表向きの理由としては、英語英文学をもって、一生の学問となしうるやという疑

＊寺田寅彦―一八七八年―一九三五年（明治十一年―昭和十年）。物理学者にして、俳人、随筆家。熊本五高で漱石の教えを受けて以来の弟子。『吾輩は猫である』の「寒月」、『三四郎』の「野々宮

念である。漱石のなかには、少時から修《おさ》めた漢学への未練が根強くあったのだが、それはまた、俳諧《はいかい》に象徴されるそぞろなつかしさと切り離すことのできないものだった。

この句に漂う縹渺《ひょうびょう》とした寂しさには、そのような漱石の心がよくあらわれている。一見すると写生句にみえるのだが、出帆前に作られていることを考慮に入れるならば、自身の心境をもとに詠まれた句とするべきである。人生の転機に当たって、漱石のなかから、生来の寂しさの塊《かたまり》が顔をのぞかせたということであろうか。

漱石の留学を心から祝していた子規《しき》は、すでに病勢の亢進《こうしん》とどめがたく、「漱石洋行と聞くや」「独り悲しく相成《あいな》り申し候ふ」という言葉を残している。漱石もまた、子規と再会の可能性のほとんどないこと承知していた。この句のもたらすいいがたい寂しさの理由を尋ねていけば、そのあたりにも帰着するように思える。

「秋風」を季語とした句には、「あかあかと日は難面《つれなく》も秋の風」（芭蕉）、「かなしさや釣《つり》の糸吹くあきの風」（蕪村）、「庭十歩秋風吹かぬ隈《くま》もなし」（子規）がある。漱石の句も、これらに並ぶ名句といえる。

君」のモデルとされている。

09

手向《たむ》くべき線香もなくて暮の秋

【出典】「高浜虚子宛はがき」明治三十五年十二月一日

遠い異国の地に居ては、手向けの線香一つ手にすることができない。そんな所在無い秋の暮れ方であることよ。

明治三十五年九月十九日、子規がこの世を去る。ロンドンで訃報《ふほう》に接した漱石は「倫敦《ロンドン》にて子規の訃《ふ》を聞きて」という詞書《ことばがき》のもと、五句を虚子宛に送っている。これは、そのなかの一句である。悲しみというよりも、異国の地に、一人ぽつねんとたたずむ漱石の所在無さが、浮かんでくるような句といえる。

漱石がロンドンに滞在していた二年間は、子規が病苦に最も悩まされた時期である。そのあいだの苦しい心境を、漱石宛の手紙にもしたためている。しかし漱石は漱石で、英文学研究に没頭するあまり、強度の神経症に罹《かか》っていた。漱石に、子規の窮状を察するに暇《いとま》なしという思いがあったことは、否《いな》めない。訃報に接した漱石は、虚子から追悼文を依頼されるも、思うように筆がうごかず、俳句五句にてようやく代わりとしたのである。

だが友を失った悲しみは、さまざまに変奏《へんそう》されてそれらの俳句をいろどっている。この「手向くべき線香もなくて暮の秋」という句の所在無さもさることながら、「霧黄《きりき》なる市《いち》に動くや影法師」という句に見られる別離の思い、さらには「招かざる薄《すすき》に帰り来る人ぞ」という句に見られる愛惜《あいせき》の深さは、やはり、類のないものといえる。

漱石は、死を悼《いた》むということが、和歌や俳句の大切な役割であることをよくわきまえていた。*嫂《あによめ》の登世《とせ》が他界した時には、「朝貌《あさがお》や咲いた許りの命哉」と詠み、友人であった*大塚保治の妻*楠緒子《くすおこ》を惜しんで「有る程の菊抛《な》げ入れよ棺の中」と詠み、若くして逝った畏友《いゆう》*米山保三郎《よねやまやすさぶろう》の才を偲《しの》んで「空に消ゆる鐸《かね》のひゞきや春の塔」と詠んだ。すべて、漱石のなかの深い哀悼の思いのなせるわざだった。

*嫂の登世―漱石の三兄、和三郎直矩の妻。明治二十四年に他界した。漱石と同年だったことや、同じ家族として暮らしていたことなどから、不倫説などが出ているが、根拠はない。

*大塚保治―一八六八年―一九三一年（明治元年―昭和六年）。東京帝国大学教授。美学者。『吾輩は猫である』の「迷亭」のモデルとされている。

*楠緒子―大塚楠緒子。一八七五年―一九一〇年（明治八年―明治四十三年）。明治末に活躍した女流歌人、作家。

*米山保三郎―一八六九年―一八九七年（明治元年―明治三十年）。哲学者。漱石の親友とされている。

10

時鳥《ほととぎす》厠《かわや》半《なか》ばに出《で》かねたり

【出典】「東京朝日新聞記事」明治四十年六月十五日

時鳥の鳴き声に誘われ思わず外出したくなるが、厠半《かわや》ばにあるこの身の、出でかねるのはやむをえないこと。

明治四十年、漱石は時の宰相西園寺公望《*さいおんじきんもち》から文士招待の会に招かれるが、『虞美人草《*ぐびじんそう》』執筆を理由に辞退。東京朝日新聞の記事に、辞退の理由として記されたのが、この句である。字義通りの内容で、句としてことさら新味はないように見える。が、その諧謔《かいぎゃく》と一徹《いってつ》ぶりは、さすが漱石と思わせる。

明治三十六年に英国から帰国した漱石は、熊本第五高等学校を辞職し、東京帝大英文科講師となる。以来、大学では『文学論』*の講義をすすめる一

＊西園寺公望―一八四九年―一九四〇年（嘉永二年―昭和十五年）。立憲政友会第二代総裁。第十二代・第十三代内閣総理大臣。

＊虞美人草―一九〇七年（明治四十年）、東京朝日新聞連載の長編小説。美貌で教養にも恵まれた藤尾という女性

方、『吾輩は猫である』*の成功から、次々に小説を発表することになる。明治四十年になって、大学を辞し、朝日新聞社員として作家活動に専念するという選択をおこなうのだが、その最初の作品として筆を起こされたのが『虞美人草』だったのである。

このような事情もあって、総理大臣の招待を断ることに相成《あいな》ったともいえる。だが、この句にこめられているのは、そういう外的要因では測《はか》りきれないものである。そもそも、相手に失礼とならないための断りの理由は、病気療養中あるいは忌中《きちゅう》以外にない。それを、「厠半《かわやなか》ば」というのであるから、漱石には相当のポリシーがあったというほかはない。

では、漱石のポリシーとはどういうものか。文学とは、政治権力から独立してあるものにほかならず、みだりに権力者の招聘《しょうへい》に応ずるべきではないということ。これを漱石は、政治的な抵抗の論理によってではなく、文士《ぶんし》気質《かたぎ》ともいうべき生来の性向《せいこう》によって説明するのである。

季語は「時鳥」で、季節は夏。「時鳥」は、そういう思想信条を身に着《つ》けた文学者の喩《ゆ》ともいえる。漱石のなかに、たとえ大新聞に身売りしたとしても、みずからの信念だけは曲げまいとする強い思いがあったのかもしれない。

の、我の強さによってもたらされる悲劇を描く。漱石の作品にはめずらしい、典型的な勧善懲悪小説ともいわれる。

＊文学論の講義―文学作品の価値を「認識的要素（F）」と「情緒的要素（f）」との結合からとらえる文学原理論。三年間の英国留学の成果といえるが、漱石自身は、この試みを「失敗の亡骸《なきがら》」とみなしていた。

＊吾輩は猫である―一九〇五年「ホトトギス」に掲載され、好評により翌年まで継続され、成る。苦沙弥先生の家に飼われた名無しの猫の視点から描かれた滑稽小説。当時の世態風俗に対する風刺も随所に見られる。

11

此《こ》の下に稲妻《いなづま》起る宵あらん

――この粗末《そまつ》な墓の下の、真っ暗闇にも、稲妻が起って、閃《せん》光《こう》をひらめかせる宵もきっとあるに違いない。――

【出典】夏目鏡子『漱石の思い出』

明治四十一年九月十三日、漱石は『吾輩は猫である』のモデルとなった猫の死を悼《いた》み、この句を墓標《ぼひょう》の裏に記した。家族、友人、知人を哀悼《あいとう》する句と何ら異ならない、深い愛惜の念に裏打ちされた句である。

『吾輩は猫である』が「ホトトギス」*に発表されたのは、明治三十八年一月のことである。最初、漱石はこれを一回かぎりの短編というつもりで書いたのだった。ところが、思いがけなく好評だったため、翌年の八月まで断続連載し、完結としている。苦沙弥《くしゃみ》先生の家に飼われた名無しの猫が語り手と

*ホトトギス―一八九七年（明治三十年）、正岡子規の友人である柳原極堂によって創刊され、後、子規から、高浜虚子によって受け継がれた俳句雑誌。

なって、飼い主の一家から近隣の者たち、さらには友人、門人にいたるまで、様々な人間模様を風刺的に語ったこの小説が、猫の死をもって終わりを迎えることは、よく知られている。

滑稽小説の体裁を終始崩さなかったこの小説において、猫の臨終《りんじゅう》は、ビールを飲んで酔っ払ったまま、大きな甕《かめ》に落ちて溺死《できし》する場面に描き出される。だがそこには、漱石ならではの死生観もまたかかわっている。もがけばもがくほど苦しむのなら、いっそのこと、一切の抵抗を放棄し、あるがままを受け入れた方がいいというのが、それである。事実、猫は「南無阿弥陀仏南無阿弥陀仏」「ありがたいありがたい」と唱えて意識を失っていく。

飼い猫の死を悼んで「此《こ》の下に稲妻《いなづま》起る宵あらん」と詠んだ漱石は、『吾輩は猫である』における死生観を、現実の苦《にが》さの方に引き寄せている。秋の季語である「稲妻」は、ここでは死の暗闇に一瞬の閃光をひらめかせるものである。そのような宵もあるに違いないと言って、闇夜《やみよ》に迷う猫の魂に、手《た》向《む》けの言葉を送っているということができる。漱石の滑稽《こっけい》の奥に息づく共苦《コンパッション》といったものを、味わってみたい一句である。

*共苦（コンパッション）――他者の苦しみや傷みを、わがことのように思いやり、いつくしむ心。

12

秋の江《ゑ》に打ち込む杭《くひ》の響きかな

遠い意識の向こうで、秋の川に杭を打ち込んでいる微かな響きが聞こえてくることだ。

【出典】『思い出す事など』

明治四十三年六月、『門』脱稿後、胃に違和感をおぼえた漱石は、約一カ月の入院治療を受ける。退院後、病後の養生のため伊豆修善寺《しゅぜんじ》温泉に赴《おもむ》くのだが、滞在中、多量の吐血《とけつ》にあって三十分間のあいだ人事不省《じんじふせい》に陥《おちい》る。幸いにして意識を取り戻すものの、漱石の健康はこれを機に、二度と回復することはなかった。

このあいだの事情は、一般に「修善寺の大患《たいかん》」として、『思い出す事など』*

*思い出す事など―一九一〇年―

という随筆に記されている。大患後の漱石の心境も、その折々に詠まれた俳句に読み取ることができる。「澄み渡る秋の空、広き江、遠くよりする杭の響、この三つの事相《じそう》に相応したような情調が当時絶えずわが微《かす》かなる頭の中を徂徠《そらい》した」とあるように、回復しつつある意識の奥に映《えい》じた自然の情景とそこに聞こえてくる微かな響きとが、この句にかたちをあたえているといっていい。

　これまでの漱石の句は、どんなに人事自然の微細に分け入るものであっても、写生の流れを汲んでいるかぎり、*嘱目《しよくもく》をむねとして成っていた。だが、この句において眼前の風景と見えるものは、遠い意識の向こうにようやくのことで映っているものといってよく、しかもその風景は、やはり意識の向こうから微かに聞こえてくる響きとともにあるのである。

　漱石の長い句作のなかで、このような機微が句にとりいれられたことは、一度もなかった。それを考えれば、「修善寺の大患」が漱石の句におよぼした影響には、はかりがたいものがある。三十分間の人事不省は、漱石に、死が生とそれほど隔《へだ》たるものではないことを教えた。そのことが、大患以後の句に影を落としていることを、見落とすことはできない。

一九一一年（明治四十三年—明治四十四年）、東京朝日新聞に連載された随筆。「修善寺の大患」における漱石の感懐が述べられる。

＊嘱目《しよくもく》—俳諧で、目に触れたものを即興的に詠むこと。

13 別るゝや夢一筋の天の川

【出典】『思い出す事など』

夢の中に、暇乞《いとまご》いをしたばかりの知人の姿があらわれては、消えていく。天には、天の川が一筋に流れ、夢の世界と地続きになっているかのようだ。

「修善寺の大患」における「三十分間の死」は、漱石にさまざまな思いを抱かせた。なかでも、死が自分一個の存在を無に帰しても、世界は何事もないかのようにありつづけるということへの驚き。この句に詠《よ》まれたのは、そのような驚きとも不思議ともいえるものにほかならない。

この世界から自分の存在が消えていくとき、親しい者や嘱《しょく》目《もく》の自然との別離が約束される。しかし、その別離は、一筋に流れる天の川を、むしろ、この天地に際立《きわだ》たせるのである。

『思い出す事など』によると、この別れは、具体的には漱石の弟子でもあった俳人の松根東洋城《とうようじょう》*とのそれを指す。漱石に先駆《さきが》けて修善寺温泉に滞在していた東洋城は、師である漱石を見舞った足で帰京していた。大吐血《とけつ》の二日前であった。「三十分間の死」を経験した後、漱石の意識に、二日前の東洋城との別れの場面が、尾を引くように映じるのである。そのことを、「何という意味かその時も知らず、今でも分からないが、あるいは仄《ほの》かに東洋城と別れる折の連想が夢のような頭の中に這回《はいまわ》って」いたと記している。

このことがあって、松根東洋城は帰京してからも、修善寺温泉に再び漱石を見舞っている。だが、そのとき、漱石の身を案じ、さまざまに手を尽くしたのは、東洋城だけではなかった。妻鏡子をはじめ、友人知己《ちき》から、仕事上の関わりを持つ人にいたるまで、その数は決して少ないものではなかった。漱石はこれを「好意の干乾《ひから》びた社会に存在する自分をはなはだぎこちなく感じた」という言葉で語っている。たとえ、自分がこの天地自然から消え去ることがあっても、このような「好意」がにじみ出てくるかぎり、世界の消えることはあるまいというのが、漱石の言わんとするところなのである。

*松根東洋城—一八七八年—一九六四年（明治十一年—昭和三十九年）。俳人。松山中学で漱石の教えを受けて以来の弟子。

14

生残る吾恥かしや鬢《びん》の霜

【出典】「日記」明治四十三年九月十四日

鬢に白いものの混じる年になって、こうして生き残ってあることを思うと、若くして逝った二人の兄が偲ばれる。それとともに、思わず恥ずかしさにもとらわれてしまう。

漱石は、みずからが死生の境を彷徨《ほうこう》しているあいだに、治療に便宜《べんぎ》を図ってくれた長与《ながよ》＊病院長と病床で愛読していた『多元的宇宙』の著者ウィリアム・ジェームズ＊が他界していたことを知って、ある感慨に打たれる。それは、自分だけが生残ってしまったという思いといっていいのだが、同時に、生残った自分が、先に逝った者に対して恥ずかしさを感じずにいられないという思いでもあった。

＊長与病院―一八九六年（明治二十九年）開設されたわが国はじめての胃腸病専門の病院。初代の病院長長与称吉は、漱石の胃潰瘍治療に手を尽くしてくれた。

＊ウィリアム・ジェームズ―

九月十四日の日記に、「二兄《にけい》皆早く死す。死する時一本の白髪なし。余の両鬢漸く白からんとして又一縷《いちる》の命をつなぐ」と記されているように、この句が、二十代でこの世を去った二人の兄を偲びながら、すでに四十を過ぎ鬢に白いものがまじるようになった自分を顧みて詠まれたものであることは明らかである。

しかし、ここにみられる感情が、長与病院長やジェームズや、さらには入院中に知り合った患者の死をもってするとき、運命の不思議といったものに打たれずにいない。そこには、起《た》つあたわぬような災厄《さいやく》に出会って、なぜ自分だけがという思いにとらわれる際のそれに通ずるものがある。この不思議を前にして、「逝く人に留まる人に来《きた》る雁《かり》」とも詠んだ漱石は、生死無常、有《う》為《い》転変といった思いのなかに恥ずかしさの感情を溶《と》かしこんでいくのである。

この句の季語「雁」にしても、「生残る」の季語「霜」にしても季節というよりも、そのような運命の到来《とうらい》を象徴するものといっていい。実際「鬢の霜」は、白髪の喩《ゆ》でもあって句自体は無季に近い。生残る恥ずかしさは季節を問わずやってきて、あるとき不意に、わが顔を赤らめるということだろうか。

一八四二年―一九一〇年。プラグマティズムの代表的思想家。哲学や心理学に経験の原理を導入し、実体的真理を重んじた。

15

生きて仰ぐ空の高さよ赤蜻蛉《あかとんぼ》

死生の境から戻った自分は、終日、赤蜻蛉の飛びかう秋の空を仰《あお》いでその高さに魅入《みい》られてる。

【出典】「日記」明治四十三年九月二十四日

「修善寺の大患」の際、漱石が逗留《とうりゅう》した菊屋旅館は、現在も営業されている。宿泊した部屋は、広い畳間に縁が続き、その向こうが一面硝子戸《がらすど》になっていて、瀟洒《しょうしゃ》な造りの高級旅館だったことがうかがわれる。大吐血の後、仰臥《ぎょうが》しながら終日、広い硝子戸の向こうの空を眺め暮らしたのであろう。

この句からつたわってくるのは、そのような漱石の寝姿である。

漱石が病に伏すこと十年をさかのぼれば、同じように、仰臥して終日天井を仰いで暮らした子規の寝姿にたどり着く。子規の住んだ根岸庵は、菊屋旅館のような高級な造りではなかったから、広い硝子戸から空を眺《なが》めるというわけにはいかなかった。天井と障子に仕切られた六畳間が、子規のいる空間だった。しかし子規は、そのなかにみずからの身体を限ることによって、天地自然の広大を思い見たのである。「鶏頭《*けいとう》の十四五本もありぬべし」という子規の名句は、そのような空間のありようを抜きに、味わうことができないものといえる。

これに対して、「生きて仰ぐ空の高さよ赤蜻蛉」という漱石の句には、空間が、みずからの身体からどこまでも高く広がっていくような趣きがある。死生の境からようやく脱した漱石には、子規とは異なって、死に限られた生という思いはそれほどなかったのだろう。子規の緊迫した句趣に比べ、漱石のそれには、隣り合わせた生の方へ、緩《ゆる》やかにほどけていくといった趣きが感じられる。

ちなみに、「赤蜻蛉」を季語とした子規の句に「赤蜻蛉筑波《つくば》に雲もなかりけり」がある。筑波山の雲一つない青空に、赤蜻蛉が飛んでいく情景を写生したものといえるが、空間の妙は、漱石に一日の長ありとも思われる。

＊鶏頭の十四五本—虚子撰の『子規句集』にも採られなかったほど、この句の評価は低かった。しかし、歌人の斉藤茂吉が賞賛して以来、再評価の気運は高まり、名句とされるにいたる。

16

病んで来《きた》り病んで去る吾に案山子《かかし》哉《かな》

病気療養のためやってきたこの地で、さらなる病を得、今こうして病癒《い》えぬまま去っていく自分は、まるで案山子のようであるよ。

【出典】「日記」明治四十三年十月十二日

漱石は、大吐血の後、一月半《ひとつきはん》ほど菊屋旅館に滞在し、十月十一日、東京の長与胃腸病院に運ばれる。馬車に乗るときには、二階から橇《そり》のようなものに乗せて降ろされ、東京に着いてからも、釣台に乗せられて病院まで運ばれている。その様子は、「釣台に野菊も見えぬ桐油哉」という句にも詠まれている。「足腰の立たぬ案山子《かかし》を車かな」「骨許りになりて案山子の浮世かな」の句もあるように、身体の方は、案山子同然だったのである。

しかし、当日の日記を見ると、七言律詩一篇の他に、旅館を出てから東京の病院に着くまでの詳細な記述が並んでいて、この案山子は、いったいどんな風の吹き回しで、言葉をあやつる者へと変身するのであろうかと思ってしまう。

「雨の中を大仁《おおひと》に至る。二月目《ふたつき》にて始めて戸外の景色を見る。雨ながら楽し。目に入るもの皆新なり。稲の色尤も目を惹く。竹、松山、岩、槿《むくげ》、蕎《そ》麦《ば》、柿、薄《すすき》、曼珠沙華、射干《しゃが》、悉《ことごと》く愉快なり。山々僅かに紅葉す。秋になって又来たしと願ふ」という日記の叙述のどこに、案山子の手をみとめることができるだろうか。

このような事情を鑑《かんが》みると、たとえ肉体は滅びようとも、魂は生き続けるということが、漱石のような人間においては、決して例外ではないことが分かる。晩年の小説、『こころ』や『道草』や『明暗』からは、謹厳《きんげん》たる姿で文机《ふづくえ》に向かっている漱石のイメージが思い浮かぶ。だが実際には、案山子同然の、デクノボーのような者として、あの『明暗』の光彩陸離《りくり》たる場面を生み出していた。それは、ほとんど奇跡のようなものであり、そこで魂の占める割合が日増しに大となっていたことは明らかなのである。

17

思ひけり既《すで》に幾夜の蟋蟀《きりぎりす》

【出典】「日記」明治四十三年十月十五日

畳替えして待っているという医師の言葉通り、病室は綺《き》麗《れい》に新調してあったのだが、その青畳の隅で、蟋蟀《きりぎりす》は幾夜鳴き続けたのだろうか。そんなことを思ったことであるよ。

十月十一日に病院に着いた漱石は、それから一週間ほどして、『思い出す事など』の連載に取り掛かっている。第一回に挿入句として記されたのが、この句である。修善寺に診察に来た医師が、畳替えをして待っていますと言ってくれた通り、病室は、綺麗に新調してあった。そのあいだ、十数日であるから「青い畳もだいぶ久しく人を待ったらしい」ということで、この句が挿《はさ》まれるのである。

この事情を念頭に置かなければ、なかなか意味の取りにくい句だが、しかし、これは独立した句としても、かなり優れたものである。理由は、独特の音韻と音数にある。そこから醸《かも》し出される緊迫した趣《おもむ》きは、読む者を引き付けずにいない。

たとえば、「オモヒケリ」という第一句と「キリギリス」という第三句が、「スデニイクヨノ」という第二句を間にして、たがいに呼応し、全体として流れるような韻の連なりをつくっているさまである。さらに、音数的には、「オモヒケリ」という第一句と「キリギリス」という第三句の後に長い無音が続くため、メリハリの利いたリズムを生み出している点である。

この流暢《りゅうちょう》な韻の流れと区切りのはっきりしたリズムは、漱石のどのような精神の動きに由来《ゆらい》するのであろうか。既に幾夜かを、青畳の隅《すみ》で待ち続けた蟋蟀《きりぎりす》とは、この自分以外ではないという思い。言ってみるならば、蟋蟀としての自分こそが、待つということの意味を身に修めようとしているのであって、幾夜も幾夜もただひたすら待ち続ける精神にこそ、何ものかが宿るということなのである。そのことを、漱石は、この日の日記に「暁より烈しき雨。恍惚として詩の推敲や俳句の改竄《かいざん》を夢中にやる」と記している。

18

凩に聞け何《いづ》れか先に散る木の葉

【出典】『思い出す事など』

修善寺にいた自分は、東京を襲《おそ》った大洪水を知らないままでいた。それからしばらくしてやってきた大吐血を思うと、被害を蒙《こうむ》った人々とこの自分と、どちらが先に散る木の葉なのか、凩にでも聞くほかないことだ。

この句にみなぎる緊迫した趣きも、前句に勝《まさ》るとも劣らないものがある。同じように、音韻と音数の独特なすがたから来ているといっていいのだが、では、そのような音韻、リズムを生み出した背景には、どういう事情があったのだろうか。

『思い出す事など』*の連載は、第九回に至って「忘るべからざる二十四日のできごと」を書き記そうという段になるのだが、その二十四日の大吐血の

*思い出す事など―俳句12を参照。

前に、自分のあずかり知らぬところで、東京の地が大きな災厄《さいやく》に見舞われていたということを書き記すのである。明治四十三年の大洪水として記録されているこの豪雨被害について、妻の手紙で知った漱石は、それからしばらくして我が身を襲う災厄《さいやく》の前触れであるかのような思いにとらわれる。

「家を流し崖を崩す凄《すさ》まじい雨と水の中に都のものは幾万となく恐るべき叫び声を揚《あ》げた。同じ雨と同じ水のうちに余と関係の深い二人は身をもって免《まぬか》れた。そうして余は毫《ごう》も二人の災難を知らずに、遠い温泉《でゆ》の村に雲と煙《けぶり》と、雨の糸を眺め暮らしていた。そうして二人の安全であるという報知《しらせ》が着いたときは、余の病《やまい》がしだいしだいに危険の方へ進んでいった時であった」。

以上のような、『思い出す事など』の記述に添《そ》えられたのがこの「風に聞け何《いづ》れか先に散る木の葉」という句なのである。漱石には、早くから自然の災厄を人生のそれに擬する思いがあったのだが、ここでもまた、大洪水の到来《とうらい》は、みずからの大吐血を予告するものとしてとらえられていることが分かる。不測《ふそく》の事態が起こるように、思いがけない心が心の底から出てくるという考えは、終生変わることなく、漱石を駆り立てたといえる。

19

秋風や屠《ほふ》られに行く牛の尻

秋風が吹くと、屠殺場《とさつば》に引かれていく牛のように、病院にやられ痔の手術を受けたことであるよ。

【出典】「日記」大正元年十月五日

大患後の漱石は、小康《しょうこう》を得ることはあったものの、間歇《かんけつ》的に襲ってくる胃潰瘍と神経衰弱に悩まされる日々を送っていた。その上、痔《じ》を病むことになり、入院手術を余儀《よぎ》なくされた。これは、その際によまれた句である。

術後、松根東洋城*宛の書簡に添えられた「かりそめの病なれども朝寒み」という句もあり、この「秋風や」の方は、それから十日程経って、術後の診察を受けた帰途の「車上」で作られたものである。

＊松根東洋城—俳句13を参照。

大患を題材としたいくつかの名句に、勝るとも劣らない出来栄えである。もともと大吐血とか生死の境という事態には、あらがいがたい何かがはたらいていて、おのずから悲劇性が滲《にじ》み出てくるのだが、痔疾《じしつ》となると、どこか喜劇的なものをまといつかせずにいない。それを漱石は、「屠られに行く牛の尻」という言葉にあらわしたのである。哀愁《あいしゅう》のこもった諧謔《かいぎゃく》を弄《ろう》して、並ぶもののなき句といえよう。

このときの経験は、それから四年後に起稿された『明暗』*の書き出しの以下のような叙述に反映されている。

「医者は探りを入れた後で、手術台の上から津田を下した。

『やっぱり穴が腸まで続いているんでした。この前探った時は、途中に瘢《はん》痕《こん》の隆起があったので、ついそこが行きどまりだとばかり思って、ああ云ったんですが、今日疎通を好くするために、そいつをがりがり掻き落して見ると、まだ奥があるんです』」。

この医者の言葉が、疾患《しっかん》のさらに奥に、不可測の事態が控えているという『明暗』の主題を象徴するものであることは、明らかである。句の諧謔味は、四年の歳月を経て形而上的に練り直されたといえようか。

＊明暗―俳句05に解説。

20

我一人行く野の末や秋の空

【出典】「手帳」大正三年頃常用

――たった一人、秋の野を行く私の頭上に、秋空がどこまでも広がっていくことだ。――

漱石は、明治二十二年、喀血《かっけつ》した子規のもとへ「帰ろふと泣かずに笑へ時鳥《ほととぎす》」という句を送って以来、約三十年にわたって句を作りつづけてきた。その数、およそ二五〇〇。そのなかから、恣意《しい》的に二十句を採りあげてみたが、最後にこの句を挙げるのに、特別な理由はない。掉尾《とうび》を飾るというには、少々月並みといってよく、大患の秀句にはやはり及ばないからである。

しかし、漱石は、この句の詠まれた大正三年には、『こころ』を起稿し、翌四年『道草』、翌五年には『明暗』といった具合に、書くことのシフトを、完全に小説の方に敷いていた。さらには、この年から大患以来鳴りを潜《ひそ》めていた漢詩の製作が目立ち始め、『明暗』執筆時には、午後の日課のように七言律詩の製作が続くのである。そんななかで、俳句を詠ずること、しだいに間遠になっていったとしても、やむをえないところがあった。

そういう諸々の事情を鑑《かんが》みたうえで、この「我一人行く野の末や秋の空」を、やはり漱石という孤独な魂の行く末を暗示する句と取ってみようと思う。先に「朝寒み夜寒みひとり行く旅ぞ」「秋風の一人をふくや海の上」の二句を採っているので、いまさらという感なきにしもあらずだが、あらためて漱石をとらえていた寂しさの塊《かたまり》といったものを、ここで確かめておくのも一興《いっきょう》かと思う。

この漱石の境地《きょうち》に、「此道や行く人なしに秋の暮」*「旅に病んで夢は枯野をかけめぐる」*といった芭蕉のそれを並べてみるならば、漱石が目指したのは、これに匹敵する境地であったことが分かる。実際、『明暗』の終章近く、津田が清子のいる温泉場を目指して行く時、眼前にあらわれるのは、この行く人なしの「寂寞とした夢」そのものなのである。

＊此道や―元禄七年（一六九四年）九月、旅の途次に催された句会で詠まれた句。芭蕉は、それから二週間余り後に没した。

＊旅に病んで―芭蕉の辞世の句といわれている。元禄七年十月八日深更、「病中吟」としてこの句を詠み、三日後に客死した。

漢詩

鴻台　二首

01

〔其二〕

鴻台冒暁訪禅扉
孤磬沈沈断続微
一叩一推人不答
驚鴉撩乱掠門飛

鴻《こう》の台《だい》　二首

〔其の一〕

鴻台《こうのだい》　暁《あかつき》を冒《おか》して　禅扉《ぜんぴ》を訪《と》ふ
孤磬《こけい》　沈沈《ちんちん》　断続して微《かす》かなり
一叩《いっこう》　一推《いっすい》　人答へず
驚鴉《けいあ》　撩乱《れうらん》　門を掠《かす》めて飛ぶ

【出典】『時運』

市川の国府台《こうのだい》。夜の明けきらぬうちに、当地の禅房を訪ねる。寺の鉦だけがひそやかな音を立て、時をおき鳴り続ける。叩いても推しても、誰ひとり答える者がいない。時に、入り乱れて飛び立つ鴉が、門を掠めて翔けてゆく。

漱石、二十歳以前の作。少年時代の詩友奥田必堂《ひつどう》が選者となっていた文芸雑誌「時運」の漢詩欄に、製作後、約二十年を経て掲載された八首のうちの第一首。*漱石が漢詩漢文に秀でていたことは、自他共に認めるところだが、十六歳か、十七歳にしてこのような詩才を発揮《はっき》していたとは、まさに驚きである。青年期特有の憂愁《ゆうしゅう》にそめられた詩句の連なりが、読む者の目を射《い》る。*『論語』に「事《こと》に敏にして言《げん》に慎む」という言葉があるが、ここで青春の彷《ほう》徨《こう》は、一度は慎《つつし》んだ言を鮮やかによみがえらせる。

そもそも、言葉よりも実行をという*孔子の言は、青春の思いと無縁ではない。青年期とは、世上に流布する言葉の虚偽に敏《びん》なるものの謂《い》いである。だ

*漱石が漢詩漢文に秀でていた—漱石は、十四歳の時に、在学していた府立一中から二松学舎に転校し、漢学を学んだ。後、第一高等中学本科で正岡子規を知る。回覧されてきた子規の随筆『七草集』に刺激され、巻末に読後感とともに、七言絶句を添え、「漱石」と署名した。

*論語—孔子の言行や弟子・

からこそ、憂愁にとらわれた者は、言葉を嫌い、出世間をめざす。「暁《あかつき》を冒《おか》して禅扉《ぜんぴ》を訪《と》う」た詩人は、そこに言葉なき沈黙の音を聞きとめるのである。だが、誰ひとり答える者のない鉦《かね》の響きに合わせるかのように、時に、数羽の鴉が飛び立っていく。その鴉の飛翔《ひしょう》にも似て、不意に、詩の言葉が迸《ほとばし》り出るのだ。

「長安に男児有り、二十《はたち》にして心已《すで》に朽ちたり」というのは、唐代の詩人*李賀《りが》の詩句だ。青年期の憂愁をあらわして、右に出るものなしといった言葉といえる。直接的には、科挙《かきょ》を志して長安に上るものの、失意のまま故郷に帰るということから詠まれたとされているが、そういう事情は、詩を読むための妨《さまた》げとはなっても、決して益とはならない。問題は、憂愁の通り道というところにある。「二十《はたち》にして心已《すで》に朽ちた」李賀にとってもまた、「暁《あかつき》を冒《おか》して」聞こえてくる「沈沈《ちんちん》」とした「孤磬《こけい》」に響き合うように、詩の言葉が迸り出てくるということなのである。

漱石の詩才に驚嘆《きょうたん》していたのは、当時の詩友奥田必堂だけではなかった。大学予備門（第一高等中学校）において知遇《ちぐう》を得た正岡子規もまた、漱石の漢詩を天才の作物《さくぶつ》と受け取っていた。後に地方文壇の雄となる奥田からすれ

諸侯との対話を孔子の死後、門弟達が記録した書物。深い思索と率直な対話が、無駄のない簡潔な言葉によって綴られている。

*孔子―紀元前五五一年―紀元前四七九年。中国春秋時代の思想家。儒教の開祖。仏教の開祖である釈迦やギリシア哲学におけるソクラテスに並び称されるような存在。

*李賀―七九一年―八一七年。中国中唐期の詩人。「鬼才」と称せられ、二十七歳の短い生涯を閉じる。その詩は、同時代の韓愈をはじめ晩唐の詩人李商隠と理解者に欠くことなく、わが国でも芥川龍之介、三島由紀夫など多くの文学者に愛読された。

ば、漱石の才能が、英文学研究や小説において花開いたことは、むしろ誇らしいことであっただろう。だが、みずからもまた、天才的な勘によって、短歌、俳句の革新運動をすすめていくことになる子規には、漱石の才能は脅威であるとともに、己を奮《ふる》い立《た》たせるきっかけにほかならなかった。

　青春の彷徨とそこに生まれる憂愁の通り道ということでは、子規もまた人後に落ちないものを抱いていたからである。

離愁次友人韻

02

離愁別恨夢寥寥
楊柳如烟翠堆遥
幾歳春江分袂後
依稀繊月照紅橋

離愁《りしう》 友人の韻《いん》に次《じ》す

離《り》愁《しう》 別《べつ》恨《こん》 夢寥《れう》寥《れう》
楊《やう》柳《りう》 烟《けむり》の如く 翠《すい》堆《たい》遥《はる》かなり
幾《いく》歳《さい》か 春《しゅん》江《かう》に袂《たもと》を分《わ》かちし後《のち》
依《い》稀《き》として繊《せん》月《げつ》 紅《こう》橋《けう》を照らす

【出典】『時運』

別離の悲しみ、別れを惜しむ心。人生のわびしさは、むなしく消え去る夢のようだ。柳の枝は、もやのようにけぶって見え、みどりの岡がはるか遠くまで続く。春の江のほとりで友と別れてから、すでに幾年になるだろう。おぼろな三日月が、紅の橋をぼんやりと照らしている。

前首と同様「時運」掲載の八首のうちの、第五首。友との別れを詠じた漢詩として、高い水準をたもつものといえる。題名の「次韻」とは、相手の詩と同じ韻を用いて作詩することを言う。この詩では、「寥」「遥」「橋」。友人は、前出の奥田必堂かもしれないが、定かではない。要するに、「友人」に当たる誰かの漢詩から、三つの韻字《いんじ》を取り出し、これをもって詩に認《したた》めるということをおこなっているのである。だが、ここにはそのような作詩上の取り決めに限らないものが詠《うた》われている。

別れの悲しみということなのだが、この離愁《りしゅう》が、前首と同様、青年期の憂愁に由来するものであることは、明らかである。では、なぜこの憂愁の通り道が、友との別れに際して、あらわれてくるのだろうか。「朋《とも》あり遠方より来《きた》る、亦《また》楽しからずや」と『論語』の言葉に言われるように、友とは、その別れにおいて、深い悲しみをもたらすものであり、その再会において、大いなる喜びをもたらすものである。しかし、そう言ってもなお、この憂愁の通い路にたどり着くことはできない。

友とは、つまるところ、わが分身なのである。だからこそ、その別れは死の悲しみにも値するのであり、再会において、生きてあることの喜びを嚙みしめることができるのである。このことは、友の死をうたった詩において、もっともよくあらわれる。たとえば、*蕪村の「北寿老仙《ほくじゅろうせん》をいたむ」を挙げてみるならば、次のごとくである。

「君あしたに去《い》ぬゆふべのこゝろ千々《ちぢ》に／何《なん》ぞはるかなる／／君をおもふて岡のべに行《ゆき》つ遊ぶ／をかのべ何《なん》ぞかくかなしき／／蒲公《たんぽぽ》の黄《き》に薺《なずな》のしろう咲《さき》たる／見る人ぞなき／／雉子《きぎす》のあるかひたなきに鳴《なく》を聞《きけ》ば／友ありき河をへだてゝ住《すみ》にき／／へげのけぶりのはと打《うち》ちれば西吹《ふく》風の／はげしくて小竹《をざさ》原《はら》真すげはら／のがるべきかたぞなき」

友を失った悲しみは、我が身の消えいくような傷《いた》みとして詠われている。しかも、これが青春の憂愁と紙一重であることもつたわってくる。それは、我が分身から隔てられ、一身にして立つことの辛《つら》さとしてあらわれるのだ。同時に、みずからにとって最も親しい存在を、闇の奥へと追いやったという罪障《ざいしょう》の悲しみともとれる。二十歳に満たない漱石が、そのことを意識していたかどうかは、問題ではない。その詩才が、無意識のうちにもそういう機微を汲《く》んでいたという事が重要なのである。

＊蕪村の「北寿老仙をいたむ」―交流のあった俳人早見晋我（北寿と号していた）の死を悼んでつくられた俳詩。挽歌の系譜に連なる詩歌といえるが、「友の死」というモチーフは、蕪村独自のものといえる。

『木屑録《ぼくせつろく》』より

03

［其二］

西方決眥望茫茫
幾丈巨濤拍乱塘
水尽孤帆天際去
長風吹満太平洋

［其の二］

西の方《かた》 眥《まなじり》を決して 茫茫《ばうばう》を望めば
幾丈《いくぢやう》の巨濤《きよたう》 乱塘《らんたう》を拍《う》つ
水尽《つ》きて 孤帆《こはん》 天際《てんさい》に去り
長風《ちやうふう》 吹きて満《み》つ　太平洋

【出典】『木屑録』

西方へとまなじりを決して、はるか彼方を望めば、幾丈もある巨大な波が、入りくんだ堤防に打ち寄せている。水平線のあたり、ぽつんと一艘《いっそう》行く帆船が、空の果てへと消えてゆき、遠くから吹き寄せる風は、太平洋一帯を吹いていく。

漱石は、一高本科在学中、同窓生四人と三週間余りの房総めぐりをおこなっている。「木屑録《ぼくせつろく》」は、当時を記した紀行文である。なかに十四首の漢詩が挿入されているのだが、これはそのうちの第二首にあたる。

前二首から五年の歳月を経ているものの、青春の彷徨、いまだ止むことなしといえる。憂愁の通い路は、ここにおいて、「*幾丈《いくじょう》の巨濤《きょとう》乱塘《らんとう》を拍《う》つ」といった句に象徴される。いよいよもって、不穏《ふおん》な趣を呈するのである。

「木屑録」本文において、このような趣向が、「*険奇巉峭《けんきざんしょう》にして、酷《はなは》だ奸《かん》雄《ゆう》に似たり」という「保田《ほた》の勝《しょう》」を前に湧いてきたものであることが明かされる。これに対して、「*清秀穏雅《せいしゅうおんが》にして、君子《くんし》の風《ふう》有り」とされた「興津《おきつ》の景」についても一首が詠まれている。青春の彷徨を暗示するのが、前者であることはいうまでもない。

ニーチェ*は、『悲劇の誕生』において精神のありかたをディオニュソス的とアポロ的の二つに分けて論じた。ディオニュソスもアポロもギリシア神話に登場する神々の名である。ニーチェによれば、ギリシア芸術とは、この二つの要素によって成り立つものなのだが、採るべきは、アポロ的な調和を内側から滅ぼしていくディオニュソス的な噴出である。ここから、精神の原初

＊幾丈の巨濤乱塘を―幾丈もある巨大な波が入りくんだ堤防に打ち寄せている。

＊険奇巉峭にして―けわしく奇抜、高く切り立っていて、姦智にたけた人物にそっくりだ。

＊清秀穏雅にして―清潔で秀麗、穏和かつ優雅で、君子のおもむきがある。

＊ニーチェ―一八四四年―一九〇〇年。ドイツの哲学者。「神は死んだ」「永劫回帰」「超人」など、キー・コンセプトによって思想の精髄を表現するとともに、アフォリズムを多用した文体によって、哲学の概念化を解体していった。『ツァラトゥストラはこう語った』は、漱石の愛読書でもあった。

のかたちを調和の美にではなく、荒れ狂う情動に見い出したニーチェの哲学が導かれる。

「興津《おきつ》の景」の「清秀穏雅《せいしゅうおんが》」に、「保田《ほた》の勝《しょう》」の「険奇巉峭《けんきざんしょう》」を対比させる漱石は、明らかにニーチェの轍《てつ》を踏んでいる。そのことを漱石にゆるしたのは、青春の憂愁そのものである。それは、汲み尽くすことのできない悲しみとなってやってくるのだが、一方において、決して悲傷《ひしょう》の物語に収まろうとしない。そこに、調和の美をつくることを肯《がえ》んじないのである。逆に、どのような哀感にも流されることなく、悲しみを悲しむということをおこなおうとする。

精神の不穏な趣きは、その悲しみを内側から無みするようにあらわれる。子規がこれを評して、「君子《くんし》未《いま》だ必ずしも奸雄《かんゆう》に勝《まさ》らざるなり」と述べたというが、言い得て妙《みょう》である。

〔『木屑録』より〕

04

〔其七〕

鋸山如鋸碧崔嵬
上有伽藍倚曲隈
山僧日高猶未起
落葉不掃白雲堆
吾是北来帝京客
登臨此日懐往昔
咨嗟一千五百年
十二僧院空無迹
只有古仏坐磅礴

〔其の七〕

鋸山《きよざん》　鋸《のこぎり》の如く　碧《みどり》崔嵬《さいくわい》たり
上に伽藍《がらん》の曲隈《きよくわい》に倚《よ》れる有り
山僧　日高くして　猶《な》お未《いま》だ起きず
落葉《らくふふ》　掃《はら》わず　白雲　堆《うずたか》し
吾は是《こ》れ北より来たりし帝京の客
登臨して此《こ》の日　往昔《わうせき》を懐《おも》ふ
咨《し》嗟《さ》す　一千五百年
十二僧院　空《むな》しく迹《あと》無し
只《た》だ古仏の磅《ほう》礴《たう》に坐せる有りて

雨蝕苔蒸閲桑滄
似嗤浮世栄枯事
冷眼下瞰太平洋

雨蝕《むしば》み　苔蒸《こけむ》して　桑滄《さうさう》を閲《けみ》す
浮《ふ》世《せい》栄枯の事を嗤《わら》ふに似て
冷眼　下《くだ》し瞰《み》る　太平洋

【出典】『木屑録』

鋸山《きょざん》はのこぎりのように聳《そび》え、みどりの岩がけわしく切り立っている。山上の隅《すみ》の方に、寄って建つ寺院。山僧は、日が高く上る時刻にも、まだ起きない。落ち葉は、掃うことなく地に満ち、白雲はうずたかくのぼる。私は、北から巡って来た帝京の旅人。この日、高く上り眼下を眺めて、遠い昔のことを想う。ため息をついて、一千五百年の時を嘆ずる。十二の僧院は、むなしく跡もない。ただ、古仏が、起伏する峰のあちこちに坐してあるのみ。雨に蝕まれ、苔むして、青海原が桑畑になるような変わり様だ。浮世の栄枯盛衰《えいこせいすい》をあざ笑うかのように、冷ややかな目が俯瞰《ふかん》する。その視線の先には、はるかなる太平洋。

七言古詩《こし》。漱石の古詩では最初の作に当る。「木屑録」所収の七言絶句が、いずれも青春の憂愁を緊迫したリズムでつたえるのに対し、古詩のゆるやかな趣きは、その詩才を際立たせるに必ずしも適していない。特に前半の、情景描写にあたる詩句は、紀行文の趣きをそのまま受け継いだものということもできる。だが、後半「咨嗟《しさ》す　一千五百年／十二僧院　空《むな》しく迹《あと》無し」のあたりから、俄然、緊迫感に包まれてくる。

史実によれば、鋸山《のこぎりやま》の寺院は、日本寺と称して、*行基《ぎょうき》によって創建され、盛時には、七堂十二院百坊を有していたという。それが、一千五百年の歳月を経てむなしく朽《く》ちてしまい、ただ、仏像や羅漢《らかん》像が、数限りなく峰の随所に坐してある。その姿に、漱石は、歳月の流れとこの世の栄枯盛衰を思いみるのである。

だが、このような感懐《かんかい》は、まかりまちがえば、定型へと収まりかねない。無常迅速、飛花落葉《ひからくよう》を思い嘆く言葉が、一方において、*「ものの見えたるひかり、いまだ心にきえざる中にいひとむべし」（芭蕉）という言葉を実践するのでないならば、容易に「無常迅速」という言い回し、「飛花落葉」という言い回しへと堕《だ》してしまう。そういう言い回しというのが、どれほどに、

*行基―六六八年―七四九年（天智天皇七年―天平二十一年）。奈良期の僧。僧侶の役割が、国家の災いを払い、安泰を祈念することにあった時代に、諸国を行脚して、民衆に説法し、多くの寺院を建立した。

*ものの見えたるひかり、いまだ心にきえざる中にいひとむべし―芭蕉の言葉を集めた俳論書『三冊子』（服部土芳著）の中の一節。「飛花落葉の散乱《ちりみだ》るも、その中にして見とめ聞とめざ

れば、をさまることなし」
という言葉も見られる。

詩の言葉を陳腐《ちんぷ》なものとするかを、このときの漱石が知らなかったはずはない。

これを脱するには、では何をすればいいのか。無常迅速、飛花落葉とは、ほかならぬ、この身について言われていると受け止めることである。いまここにこの一瞬を生きてある身が、瞬《またた》く間に消え去っていくということ、死はたちまちのうちにやって来て、この身を塵《ちり》と化すということ、だからこそ、一瞬一瞬が、何ものにもかえがたい輝きをもたらすということ。それらすべてを見止めるとき、おのずから言葉が綾《あや》なされるというべきではないだろうか。

青春の憂愁とは、生が死と隣り合わせにあることへの気づきからやってくる。それは同時に、死が生にとって欠くことのできない条件であることに気づかせる。そのことは、この詩においても例外ではない。「浮世《ふせい》栄枯の事を嗤《わら》ふに似て／冷眼　下《くだ》し瞰《み》る　太平洋」という最後の二行には、この身を瞬《またた》く間に藻屑《もくず》と化すかのような、常住不変なるものが詠《うた》われる。「冷眼　下《くだ》し瞰《み》る」という言葉の非情さには、決して詩の言葉を常凡に流すまいとする漱石の覚悟のようなものさえうかがわれる。

「『木屑録』より」

05

〔其十三〕

別後憶京中諸友
魂飛千里墨江湄
湄上画楼楊柳枝
酒帯離愁醒更早
詩含別恨唱殊遅
銀紅照夢見蛾聚
素月匿秋知雨随
料得洛陽才子伴
錦箋応写断腸詞

〔其の十三〕

別後、京中の諸友を憶《おも》ふ
魂《たましひ》は飛ぶ　千里　墨江《ぼくかう》の湄《ほとり》
湄上《びじやう》の画楼《ぐわろう》　楊柳の枝
酒は離愁を帯びて　醒《さ》むること更に早く
詩は別恨を含んで　唱《とな》うること殊に遅し
銀紅《ぎんこう》　夢を照らして　蛾の聚《あつ》まるを見
素月《そげつ》　秋に匿《かく》れて　雨の随《したが》ふを知る
料《はか》り得たり　洛陽才子《らくやうさいし》の伴《とも》
錦箋《きんせん》　応《まさ》に写《うつ》すべし　断腸の詞

【出典】『木屑録』

別れて後、後《あと》に残した帝京の友人諸氏のことを思う魂は千里を飛んで、隅田川のほとりへと向かう。川岸の彩りを施した高い建物、別れの標《しる》しに授かった楊柳《やなぎ》の枝。酒を酌《く》んでも、別れの悲しみを帯びて、瞬く間に醒《さ》めてしまう。詩を唱えても、恨《うら》みをまとって、なかなかはかどらない。灯火は、夢を照らして、蛾の集まるを眺めている。白い月は、秋のこの季節に姿を隠し、やがて雨が降り出すを知る。帝京の才子たちは、美しい詩箋に、腸《はらわた》の千切れるような悲しい言葉を写しているだろう。

この詩の素晴らしさは、第一行、「魂《たましい》は飛ぶ　千里　墨江《ぼくこう》の湄《ほとり》」の詩語に尽きる。魂は、千里を飛ぶという表現を、漱石は、どこから得てきたのであろう。魂消えるという慣用語もあることから、漢詩漢文に普通に使用される表現とみなすこともできる。しかし、たとえそうであったとしても、この一行の緊迫感には、稀《まれ》に見るものがある。ここで、漱石の魂が、千里を飛んで、墨江《ぼくこう》の湄《ほとり》へと向かうさまが、目に浮かぶようではないか。

＊宮崎駿《はやお》の「天空の城ラピュタ」や「魔女の宅急便」などを観ていると、主人公が一閃《いっせん》空を飛んでいくシーンに、たとえようもないほどのせつなさをおぼえる。作者のなかに、魂が一瞬のうちに千里を飛ぶということへの信《しん》憑《ぴょう》がなければ、そのような感懐をもたらすことはない。観客は、明らかに、作者の魂が、千里を飛んで、天空のある地点へと向かうさまを観ているのである。同時に、自分の魂もまた、この地上からはるか高く飛翔し、千里を飛んでいるような気分に浸《ひた》っているといえる。

この詩において、魂が向かう墨江《ぼくこう》の湄《ほとり》には、何人かの友人がいる。彼らとの別れの悲しみは、酒を酌み、詩を唱えても容易にいやすことができない。「離愁《りしう》　友人の韻《いん》に次《じ》す」において「離愁《りしう》　別恨《べっこん》　夢寥寥《れうれう》」と詠んだ際の憂愁が、いまなお去りやらないからである。

だが、この詩の独特なのは、こちら側の憂愁だけでなく、むこう側のそれをも詠じているところにある。つまり、墨江《ぼくこう》の湄《ほとり》にある彼らもまた、漱石と

＊宮崎駿―一九四一年―。アニメーション作家、映画監督、漫画家。一九八五年、スタジオジブリを設立して、アニメーション映画の秀作を次々に生み出す。「風の谷のナウシカ」「となりのトトロ」「もののけ姫」など、話題作に事欠かず、国際的にも高い評価を得ている。

の別れを惜《お》しんでいることが詠われているのである。それだけではない。彼らは、まるで、漱石の死を悼んでいるかのようなのである。最後の二行を「帝京の才子たちは、美しい詩箋《しせん》に、腸《はらわた》の千切れるような　悲しい言葉を写しているだろう」と訳してみると、そのことに間違いないように思われてくる。

ここにあるのは、他者の死を悼《いた》むことが、おのれの死の哀悼《あいとう》を容《い》れることでしかなされえないという現実である。

友との別れが、魂魄《こんぱく》消えるような悲しみをもたらすのは、みずからにとって最も親しい存在を、闇の奥へと追いやったという思いからであった。漱石は、後にこのテーマを『こころ』*において展開する。自裁した「先生」の魂が、千里を飛んでKのもとに向かう時、その「先生」のもとへと急行列車に飛び乗って、向かうのは、「私」の魂である。魂の千里を飛ぶすがたが、なぜこれほどまでにせつなさをもたらすかの、それは例証と言ってもいいであろう。

＊こころ―俳句05に解説。

06

函山雑詠　八首

明治二十三年九月

［其六］

奈此宿痾何
眼花凝似珂
豪懐空挫折
壮志欲蹉跌
山老雲行急
雨新水響多
半宵眠不得
燈下黙看蛾

函山雑詠《かんざんざつえい》　八首

［其の六］

此《こ》の宿痾《しゆくあ》を奈何《いかん》せん
眼花《がんくわ》　凝《こ》りて珂《か》に似たり
豪懐《ごうくわい》　空《むな》しく挫折《ざせつ》し
壮志《そうし》　蹉跌《さた》せんと欲す
山老いて　雲の行くこと急に
雨新《あら》たに　水の響《ひび》くこと多し
半宵《はんせう》　眠り得ず
燈下《とうか》　黙《もく》して蛾《が》を看る

【出典】子規宛書簡

長く患《わずら》うこの病をどうすればいいのか。目先にちらちらしていたものが、凝り固まり、白い石のようになって取れない。意気込みは空しくくじけ、勇ましい士気も、つまずきそうだ。秋を迎えて、山も老いていくところか、雲が速い速度で流れていく。雨は降ったばかりで、川の水の轟々と鳴り響き、夜半《よわ》、寝つかれない。灯りのもとに飛んでくる蛾を、言葉もなくじっと見ている。

一高本科卒業後、漱石は、箱根に旅している。その際、「函山《かんざん》雑詠」と題した連作八首を残した。すべて、五言律詩であり、五律としては、最初のものである。例によって、松山の子規に送られ、批評を受けた。その草稿は、複製版「木屑録」で見ることができる。

これまでの作品に見られた青春の憂愁が、この連作にいたってようやく薄れつつあるように見える。緊迫感に満ちた詩語は、しだいに影を潜め、代わって暗く沈むような言葉が、頻出《ひんしゅつ》するようになる。そのことは、この詩の第一行「此《こ》の宿痾《しゅくあ》を奈何《いかん》せん」によくあらわれている。漱石は当時トラホームに悩まされ、病院通いをしていたということから、「宿痾」とは眼病であるとされる。実際二行目の「珂」とは、目やにが凝り固まって、白瑪瑙《しろめのう》のようになったものと取ることができる。

しかし、そのような事情を考慮せずとも、「此《こ》の宿痾《しゅくあ》を奈何《いかん》せん」という詩語からは、これまでに見られなかった暗鬱《あんうつ》な響が感じられる。箱根の旅から帰った九月、漱石は、帝国大学文科大学英文科に入学しているのだが、特待生として迎えられたにもかかわらず、意識のなかで、未来が洋々たるものとしてあらわれるということはなかった。漱石のなかに、青年期の憂愁からのがれがたい思いがあったからということもできる。が、それだけではない。人生の暗鬱に、あらためてとらえられたからである。

青春のさなかで生が死と隣り合わせにあることを鋭く感受し、それを言葉にする者。それこそが詩人の名に値すると言ってみよう。とりわけ、夭折《ようせつ》した天才詩人には、このことが象徴的にあらわれている。唐代の*李賀しかり、*鎌倉三代将軍実朝《さねとも》しかり、十九世紀フランスの*ランボーしかりである。十六

＊李賀―漢詩01を参照。

＊鎌倉三代将軍実朝―一一九二年

歳から二十二歳における詩人漱石が、この系譜に連なる者であることは、疑いをいれない。そのことは、ここまでの鑑賞においてくりかえし強調してきたところである。

だが、漱石は、一高本科卒業を機に、そのような系譜に連なることをみずからに禁じた形跡がある。漱石をとらえた人生の暗鬱（「宿痾」）が、夭折《ようせつ》へといざなうものとは異なっていたからといえばいいだろうか。爾来《じらい》、詩の意識は、死と隣り合わせた生というよりも、死を限りなく延期された生へ向けられるようになる。そのような詩意識が「修善寺の大患」において最初のピークを迎えるまで、漱石は、この種の作品を書き継いでいくのである。

—一二一九年（建久三年—建保七年）。源頼朝の次男として生まれ、十二歳で征夷大将軍の位に就く。右大臣の官位を授けられたが、兄である頼家の子公暁に暗殺される。万葉調の歌を詠み、歌集に「金槐和歌集」がある。

＊ランボー　一八五四年—一八九一年。フランス象徴主義の詩人。あらゆる感覚の惑乱を通して未知のものを見るという方法に目覚める。同じ象徴派の詩人マラルメは、この早熟の天才詩人を「生きながら詩に手術されたおそるべき通行人」と述べた。

07

無題　五首

明治二十八年五月

［其一］

快刀切断両頭蛇
不顧人間笑語譁
黄土千秋埋得失
蒼天万古照賢邪
微風易砕水中月
片雨難留枝上花
大酔醒来寒徹骨
余生養得在山家

無題　五首

［其の一］

快刀《くわいたう》　切断《せつだん》す　両頭の蛇《へび》
顧《かえり》みず　人間《じんかん》　笑語　譁《かまびす》しきを
黄土《くわうど》　千秋　得失《とくしつ》を埋《うづ》め
蒼天《そうてん》　万古　賢邪《けんじや》を照らす
微風　砕《くだ》き易《やす》し　水中の月
片雨　留《とど》め難《がた》し　枝上《しじやう》の花
大酔　醒《さ》め来たりて　寒《かん》　骨に徹《てつ》し
余生　養い得て　山家に在り

【出典】子規宛書簡

よく切れる刀で、両頭の蛇を切断する。世の人の、嘲《ちよう》笑《しよう》し騒ぎ立てる声を、気にかけることはない。大地は、千年に渡って、成功と失敗を、跡形もなく埋め、大空は、永遠に、徳ある者と邪悪なる者を照らし出す。水に映った月は、微かな風にも揺れ、枝に咲く花は、通り雨にも散ってゆく。酔いもすっかり醒め、寒さが骨にまでしみわたる。余生を、この田舎住まいで、送るのである。

四国の松山中学に赴任した際の詩。漱石の松山行きについては、諸説があるが、この詩を読む限りでは、世間的な栄達を求める心を、自分に禁じたとするのが、理由の一端かと思われる。詩の出来栄えとしては、先に挙げた数首に及ばざるものの、漱石の人生観が、率直にあらわれた作品として、精読に値するものといえる。

「快刀《くわいたう》切断《せつだん》す　両頭の蛇《へび》」は、楚《そ》の国の故事に基づく。両頭の蛇を見た者は、死ぬといういい伝えがあるなかで、少時、これを眼にした*孫叔敖《そんしゅくごう》は、死をのがれられずと思う。と共に、次に来る者が見ることを危惧《きぐ》して、蛇を一刀のもとに切断し、帰って母親にその旨を告げる。話しながら恐怖のあまり涙をこぼすが、母は思いがけなくも「憂うるなかれ。汝は死せざらん。吾これを聞く、陰徳ある者は、天必ず報ゆるに福を以てす」と慰撫《いぶ》した。果たして、孫叔敖《そんしゅくごう》は後に楚の国の宰相となったという。

漱石の倫理観をあらわした故事《こじ》といえる。だが、このような話は、自己犠牲の物語同様、人間精神の型に属するものであって、それ自体で、人を動かすものとは言いがたい。人間の倫理が問われるのは、むしろ、徳あるおこないや自己犠牲の行為が、決して報われることなく、むしろ不徳の者の世に容れられる現実を前にしてなのである。

そうであるとするならば、この詩において「*黄土《こうど》　千秋　得失《とくしつ》を埋《うず》め」「*蒼天《そうてん》　万古　賢邪《けんじゃ》を照らす」の二行は、真実をいう言葉というよりも、当《とう》為《い》の言葉というべきである。だが、この詩に限っていうならば、漱石は、これを真実として認めている節がなきにしもあらずなのだ。そのあたり、詩として弱点があるといえば言えるが、漱石の精神の更なるあらわれを汲み取る

＊孫叔敖《そんしゅくごう》―生没年不詳。中国春秋時代の楚の令尹《れいいん》（宰相の位に相当）。賢相として名高い。

＊黄土千秋―大地は、千年に渡って、成功と失敗を、跡形もなく埋める。

＊蒼天万古―大空は、永遠に、徳ある者と邪悪なる者を照らし出す。

には、やはり、欠かすことのできない詩といえる。

世間的な栄達を嫌い、片田舎に余生を送る思いは、崖下の日の当たらない貸家で腰弁の生活を送る『門』の宗助や、月の決まった日に雑司《ぞうし》が谷《や》の墓地を訪れるほかには、世に交わろうとしない『こころ』の「先生」のそれをほうふつとさせる。だが、宗助も「先生」も、そのような境涯が、人間倫理の二律背反に躓《つまず》くことによって、得られたものであることを知っている。少なくとも、漱石は、そういう精神像として、彼らを造形しているのである。

そのためには、このときの詩作から、二十年の歳月が閲《けみ》されなければならなかった。そこにむしろ、漱石という精神のたどった軌跡を見るべきではないだろうか。

08

【春興】　明治三十一年三月

出門多所思
春風吹吾衣
芳草生車轍
癈道入霞微
停筇而矚目
万象帯晴暉
聴黄鳥宛転
睹落英紛霏
行尽平蕪遠
題詩古寺扉

〔春興《しゆんきよう》〕

門を出《い》でて　思う所多し
春風《しゆんぷう》　吾《わ》が衣《ころも》を吹く
芳草《はうさう》　車轍《しやてつ》に生じ
癈道《はいだう》　霞《かすみ》に入りて微《かす》かなり
筇《つゑ》を停《とど》めて　目を矚《そそ》げば
万象《ばんしやう》　晴暉《せいき》を帯《お》ぶ
黄鳥《くわうてう》の宛転《ゑんてん》たるを聴き
落英の紛霏《ふんぴ》たるを睹《み》る
行き尽《つ》くして　平蕪《へいぶ》遠く
詩を題す　古寺の扉《とびら》

孤愁高雲際
大空断鴻帰
寸心何窈窕
縹緲忘是非
三十我欲老
韶光猶依依
逍遥随物化
悠然対芬菲

孤愁《こしゅう》　雲際《うんさい》高く
大空《たいくう》　断鴻《だんこう》帰る
寸心《すんしん》　何ぞ窈窕《ようちょう》たる
縹緲《へうべう》として　是非《ぜひ》を忘る
三十　我《われ》老いんと欲し
韶光《しょくわう》　猶《な》お依依《いい》たり
逍遥《せうえう》して　物化《ぶっか》に随《したが》い
悠然《ゆうぜん》として　芬菲《ふんぴ》に対す

【出典】長尾雨山添削詩稿

ひとたび門を出れば、思いが次々に湧《わ》いてくる。春風が、衣を吹きぬけていき、車の轍《わだち》には、春の草が生えている。廃道が、春がすみにつつまれて、微かに。杖をとめて、見つめると、森羅万象《しんらばんしょう》が、晴れた日の輝きを帯びている。うぐいすの快い鳴き声に耳傾け、花びらが一片一片散るのを眺める。行き尽くしてもなお、平野は遠く、詩を古寺の扉に書き付けるのだ。孤りの愁《うれ》い、雲のきわみまで高く、大空を、群れから離れた鴻《おおとり》が帰ってゆく。方寸の心の、なんと奥深いことか。広くはるかに、是非を忘れるほどである。三十歳にして、私は老いようとしている。春ののどかな光は、なおやわらかく、万物の変化に随《したが》い、そぞろ歩くのである。悠然《ゆうぜん》として、かぐわしい花の香りに向かい合う。

五言古詩。熊本第五高等学校に赴任して三年目の作。漢詩人で五高の同僚でもあった長尾雨山《うざん》が添削《てんさく》した詩稿が残っている。子規と同様、雨山もまた漱石の詩稿を添削しながら、その詩才に絶倒《ぜっとう》していたことは、疑いをいれない。雨山の添削を受けたあとの形を、後に漱石は、『草枕』*（十二）に、主人公である画工《えかき》の作として載《の》せている。しかし、この詩のもたらすヴィヴィッ

*『草枕』―一九〇六年（明治三十九年）、「新小説」に発表される。「非人情」の

ドな感興は、『草枕』の出世間的な駘蕩味《たいとうみ》といったものとは、根本的に異なる。

この詩から受ける感興に最も近いのは、象徴主義を代表する詩人ランボーの、次のような作品である。

「蒼き夏の夜《よ》や／麦の香に酔《ゑ》ひ野草《のぐさ》をふみて／小みちを行かば／心はゆめみ、我足さはやかに／わがあらはなる額《ひたひ》、／吹く風に浴《ゆあ》みすべし。／われ語らず、われ思はず、／われたゞ限りなき愛／魂《たましひ》の底に湧出《わきいづ》るを覚《おぼ》ゆべし。／宿なき人の如く」（「そゞろあるき」永井荷風*訳）

象徴主義が唱《とな》えた森羅万象とのコレスポンダンス（交感）を、この短い作品は見事にあらわしている。ここでうたわれた夏の夜のそぞろ歩きが魅惑的なのは、そのような交感が、「われ」を越えた場所から、魂をさらうようにやってくるからである。たとえば、後期印象派の画家であるゴッホ*もまた、森羅万象との交感にとらえられたとき、自分の存在が地上の絆《きずな》以上のものでつながれているという思いに不意に襲われる。ランボーもまた、そのような思いにとらわれ、限りなき愛が魂の底から湧き出てくるのを覚えるのである。

世界を描いた作品とされ、冒頭の一節「智《ち》に働けば角《かど》が立つ。情《じょう》に棹《さお》させば流される。意地を通《とお》せば窮屈《きゅうくつ》だ。とかくに人の世は住みにくい」が、よく知られる。

*永井荷風―一八七九年―一九五九年（明治十二年―昭和三十四年）。小説家。詩人。みずからを江戸の戯作者に擬し、花柳界や陋巷に生きる女たちを描いた。代表作に『つゆのあとさき』『濹東綺譚』。

*ゴッホ―一八五三年―一八九〇年。後期印象派を代表するオランダの画家。明るく烈しい独特の色彩は、不遇の生涯とあいまって、人々を魅了してやまない。晩年過ごした、フランス南部サン・レミの精神病院、パリ郊外のオーヴェールでの作品が、とりわけ印象深い。

ひとたび門を出ると、思いが次々に湧いてくるという漱石のこの詩の感興もまた、同様である。森羅万象との交感が、はるか遠くの平野から、そして、雲のきわみからもたらされる。それに捉《とら》えられるとき、漱石もまた、ほとんど是非を忘れ、時の流れに身をゆだねるのである。

もちろん、このときの漱石の思いが、ランボーやゴッホと決定的に異なると言うこともできる。この詩を成り立たせているのは、三十歳にして、私は老いようとしているという漱石の諦観《ていかん》にほかならないからである。

だがたとえそうであったとしても、この詩に見られるのは、溢《あふ》れるものとどめがたしといった思いにとらわれている漱石のすがたである。漱石、三十にして、ここしばらく眠っていた詩才の目覚めるのを見たといっていいだろうか。年譜には、明治三十一年の項に「前年末頃より漢詩を作り出す」とあるが、漱石の詩魂の、眠りから醒《さ》めて羽ばたくさま、類がない。

09

「失題」 明治三十一年三月

吾心若有苦
求之遂難求
俯仰天地際
胡為発哀声
春花幾開落
世事幾迭更
烏兎促髯髪
意気軽功名
昨夜生月暈
飆風朝満城

「失題」

吾《わ》が心　苦しみ有るが若《ごと》し
之《これ》を求むるも　遂に求め難し
俯仰《ふぎやう》す　天地の際
胡為《なんす》れぞ哀声《あいせい》を発す
春花　幾《いく》たびか開き落ち
世事　幾たびか迭更《てつかう》す
烏兎《うと》　髯髪《びんぱつ》を促《うなが》し
意気　功名《こうみやう》を軽《かろ》んず
昨夜　月暈《げつうん》生じ
飆風《へうふう》　朝《あさ》　城に満《み》つ

夢醒枕上聴
孤剣匣底鳴
慨然振衣起
登楼望前程
前程望不見
漠漠愁雲横

夢醒《さ》めて　枕上《ちんじやう》に聴く
孤剣《こけん》　匣底《かふてい》に鳴《な》くを
慨然《がいぜん》として　衣《ころも》を振《ふる》つて起《た》ち
楼《ろう》に登りて　前程《ぜんてい》を望《のぞ》む
前程　望めども見えず
漠漠《ばくばく》として　愁雲《しううん》横《よこ》たわる

【出典】長尾雨山添削詩稿

私の心には、苦しみがあるかのようだ。これを捜し求めるものの、ついに求め難い。俯《うつむ》いて天地の際《きわ》を振り仰ぐ。どうして哀しい声をあげるのか。春の花々が、いくたびか開いては落ち、世の中の営みは、いくたびか入れ替わる。時の流れは、髪、白からしめ、意気あるかぎり、名声を軽からしむる。昨夜、月に暈《かさ》がかかり、風雨の近いことを告《つ》げた。朝になって、暴風がこの町を襲い、夢から醒めて、枕もとに、烈しい風の音。剣が龍の鳴き声を発するに似て、心高ぶらせ、意を決して立ち上がる。高殿に登って前途を望む。前途、望んでも見えず。茫漠として、愁《うれ》いに満ちた雲がはるか彼方へと広がっている。

五言古詩。前首と同様、長尾雨山の添削を受ける。雨山の評は「長歎深《しん》喟《き》、慨乎《がいこ》として之れを言う。懦夫《だふ》をして興起せしむるに足る。高唱三復、覚えず襟を斂《おさ》む（長嘆息《ちょうたんそく》の後、深くため息をつく。心を高ぶらせて、こう言おう。いくじのない男を立ち上がらせるに十分な詩だ。高唱三復して、思わず襟を正すのである）」。なるほど、雨山でなくとも、思わず襟を正したくなるような作品である。

この詩の独創は、第一行「吾《わ》が心　苦しみ有るが若《ごと》し」に尽きる。真情を吐露《とろ》し、志を述べるのに、漢詩という形式がよく適するものであることは、いうまでもない。だが、漱石のこの一行には、そのような漢詩特有の形式には収まりきれないものがある。

たとえば、心を叙《じょ》するということにおいて、俳句・和歌ほど相応《ふさわ》しくないものはない。五音、七音という決まった音律は、人事・景物を叙するに効果があっても、もともと心を表わすには不向きなのである。にもかかわらず、すぐれた歌人、俳人は、このような条件を逆手《さかて》に取ることによって、心という最もとらえがたいものを言葉にする。

芭蕉しかり、*西行《さいぎょう》しかり。とりわけ西行の「花見ればそのいはれとはなけれども心のうちぞ苦しかりける」「心から心にものを思はせて身を苦しむる我身なりけり」といった歌を挙げてみるならば、ここにうたわれている「苦しみ」が、和歌の形式を内側から瓦解《がかい》させていくさまがみえてくるだろう。西行にとって、歌というのは、そのようなものとしてあった。

「西行は、すさびというものを知らなかった、月を詠んでも、仏を詠んでも、実は『いかにかすべき我心』と念じていた」と述べたのは*小林秀雄だが、そういう意味でいえば、漱石もまた、漢詩を慰《なぐさ》みごととすることから、縁遠かった。雨山をして「懦夫《だふ》をして興起せしむるに足る」と言わしめたゆえんである。

*西行―一一一八年―一一九〇年（元永元年―文治六年）。歌人。俗名は佐藤義清《のりきよ》。北面の武士であったが、二十三歳で出家。諸国をめぐり、漂泊の旅をくりかえして多くの和歌を残した。歌集に『山家集』がある。

*小林秀雄―一九〇二年―一九八三年（明治三十五年―昭和五十八年）。文芸評論家。近代批評の確立者として知られる。鋭い知性と豊かな感受性に裏づけられた独自の文体は、批評を文学作品にまで高めた。代表作に『ドス

実際「俯仰《ふぎょう》す　天地の際」「胡為《なんす》れぞ哀声《あいせい》を発す」の二行などには、「いかにかすべき我心」という、言葉にならない言葉がこめられていて、高唱三復、覚えず襟を正さずにいられない。もし、この詩に、芭蕉や西行の心にいまだ到らざるものがあるとするならば、内なる苦しみを、自分一個のそれにかぎることのできない苦しみに重ね、そういう苦しみの由来を尋ねずにいられない心までは叙されていない点である。だが漱石は、ここからはじめて、そのような心へと確実に歩を進めていくのである。

トエフスキィの生活』『無常という事』『本居宣長』。

10

〔無題〕　明治三十三年

長風解纜古瀛洲
欲破滄溟掃暗愁
縹緲離懐憐野鶴
蹉砣宿志愧沙鷗
酔捫北斗三杯酒
笑指西天一葉舟
万里蒼茫航路杳
烟波深処賦高秋

〔無題〕

長風《ちやうふう》　纜《ともづな》を解《と》く　古瀛洲《こえいしう》
滄溟《さうめい》を破らんと欲して　暗愁《あんしう》を掃《はら》う
縹緲《へうべう》たる離懐《りかい》　野鶴《やかく》を憐《あは》れみ
蹉砣《さた》たる宿志《しゆくし》　沙鷗《さおう》に愧《は》ず
酔うて北斗を捫《つか》む　三杯の酒
笑うて西天を指《ゆび》さす　一葉の舟
万里　蒼茫《さうばう》　航路杳《はる》かに
烟波《えんぱ》　深き処　高秋《こうしう》を賦《ふ》せん

【出典】イギリス留学先持参手帳

彼方から吹き寄せる風が纜を解いて、この日本を出航する。憂愁を払いのけ、大海原をこえて、はるか遠い地へと赴くのだ。だが、わが心は別れを悲しみ、緲《びょう》としている。それにくらべ、野にあって自由な鶴は、うらやましいほどだ。かねがねの理想もつまづきがちで、砂浜のかもめに恥ずるばかり。だが、三杯の酒に酔うと、北斗星を摑《つか》み取らん勢い。笑いながら、ヨーロッパの空を指さす、この小さな船の上で。万里の彼方まで、青々として、航路ははるかに遠い。もやにつつまれた波と、深いところから押し寄せ、高く晴れ渡った空。そんな情景を、いま詩に詠もうとするのだ。

七言律詩。英国留学に当たって詠まれた三首のうちの一首。留学先に持参した手帳に記されていたもの。出発は九月だが、日付はない。内容からして、出発前に詠まれたものと思われる。若き日に房総を旅し、太平洋を望む詩を詠んだ漱石は、それから十年後の自分が、同じ太平洋を渡ってはるか遠くの地へと赴くことになるとは、予想だにしなかったにちがいない。

しかし、言葉というものは、不思議なもので、それを書き記した者の十年後、二十年後を期せずして言い当てる。そのことは、「〔『木屑録』より」「其の二〕」から「水尽《つ》きて　孤帆《こはん》　天際《てんさい》に去り／　長風《ちやうふう》　吹きて満《み》つ　太平洋」という二行を引いてみれば理解される。ここに詠まれた「孤帆《こはん》」が、漱石を乗せたプロイセン号となって、汽笛を鳴らし、海路はるかに水脈を引いていかないとはかぎらないのである。

　このような言葉の不思議を最もよくあらわしているのは、ランボー*の詩である。十九歳にして『地獄の季節』を出版したランボーは、たとえば次のような詩句に、アフリカ行きというみずからの運命を予感していた。

「秋だ。俺達の舟は、動かぬ霧の中を、纜《ともづな》を解いて、悲惨の港を目指し、炎と泥のしみついた空を負う巨きな街を目指して、舳先《へさき》をまわす。」

　ランボーの航海は、漱石のように国家の命によるものではなく、まったく私的な動機から発するものであった。だが、悲惨の港を目指し、炎と泥のしみついた巨きな街を目指して、纜《ともづな》を解くという意識は、共有されていたのである。そこにあるのは、いやしがたい青春の憂愁といっていいのだが、ランボーと同様、漱石においてもそれは、大洋の彼方に魂を拉致《らち》していかずには

*ランボー――漢詩06を参照。

いられない思いであった。

　アフリカのランボーは、かつての詩を反芻《はんすう》することをみずからに禁じ、商人としての境涯を終えた。これに対し、漱石は、この反芻をあえて行うことによって、詩人として成熟し、小説家として起《た》つまでにいたった。だが、漱石の心の奥に、「長風《ちやうふう》　纜《ともづな》を解《と》く　古瀛洲《こえいしう》」とうたいながら、みずからの詩魂が、二十年前の『木屑録』で「長風《ちやうふう》吹きて満《み》つ　太平洋」と詠ったときに比べ、褪《あ》せつつあるという思いのなかったとは言い切れない。

　詩を捨てたランボーは、言葉によって予見された酷薄な運命を甘受《かんじゅ》していく。だが、漱石は、書くことによって絶えず運命を更新《こうしん》していかざるをえない。帰朝した漱石を待っていたのは、そのような言葉による運命の更新を、あえて実践するということであった。

11

［無題］

明治四十三年九月二十九日

仰臥人如唖
黙然見大空
大空雲不動
終日杳相同

［無題］

仰臥《ぎやうぐわ》　人　唖《あ》の如く
黙然《もくぜん》　大空《たいくう》を見る
大空　雲動かず
終日　杳《えう》として相同《あひおな》じ

【出典】『思い出す事など』

仰向けに寝ているこの人は、まるで聾唖者《ろうあしゃ》のよう。じっと黙って大空を見上げている。大空には雲ひとつ動かない。終日、はるか遠くまで広がる。わが心と同様、何一つさえぎるものがない。

修善寺の大患時《たいかん》の作。大患後の漱石は、日記に幾篇かの漢詩を残しているのだが、後になってこれらの漢詩は、当時の感慨を書き記した『思い出す事など』*に、そのまま掲載されることになる。この五言絶句については、特別に思いが深かったのか、その時の心境が次のように付されている。「余は当時十分と続けて人と話をする煩わしさを感じた。声となって耳に響く空気の波が心に伝わって、平らかな気分をことさらにざわつかせるように覚えた」と。第一行の「仰臥《ぎやうが》　人　唖《あ》の如く」についての言及である。

ここからうかがわれるのは、聾唖《ろうあ》の如く黙しているのは、心に思うところがあるからでも、言語障害を来たしているからでもないということである。声を出すだけで心が乱れるというのが、理由であるといっていい。それゆえに、「黙然《もくぜん》　大空《たいくう》を見る／大空　雲動かず」という第三行、四行が続くのである。これについては、以下の記述。「口を閉じて黄金なりという古い言葉を思い出して、ただ仰向けに寝ていた。ありがたいことに室《へや》の廂《ひさし》と、向こうの三階の屋根のあいだに、青い空が見えた。その空が秋の露に洗われつつしだいに高くなる時節であった。余は黙ってこの空を見つめるのを日課のようにした。何事もない。また何物もないこの大空は、その静かな影を傾けてこ

*思い出す事など―俳句12を参照。

とごとく余の心に映じた。そうして余の心にも、何事もなかった。また何物もなかった。透明な二つのものがぴたりと合った。合って自分に残るのは、縹《ひょう》渺《びょう》とでも形容してよい気分であった」。

見事な散文といっていい。無というものが、これほど充実したすがたで言葉にされていることに驚くべきだが、同時に、この無を満たしているのが、死といっていいあるものであることに注意しなければならない。雲ひとつ動かない大空は、漱石にとって、みずからの三十分の死と切り離すことのできないものなのである。死の向こうに広がるものとして、この雲ひとつない大空はあるといってもいい。

そうであるとするならば、仰向けに寝ながら、聾啞の如く黙してこの大空を見ている漱石とは、死とともにある存在、一瞬にして、死の領域へと拉致されていいような存在である。同時に、死と背中合わせにあるこの存在は、どこまでいってもはてしなく広がる大空の、永遠に変わらないありかたによって、意味をあたえられる。たとえ仰向けのまま、魂魄《こんぱく》離れてしまったとしても、大空は、何事もなくありつづけるというのが、そこでの死の意味なのである。

12

［無題］

明治四十三年十月十六日

縹渺玄黄外
死生交謝時
寄託冥然去
我心何所之
帰来覓命根
杳窅竟難知
孤愁空遶夢
宛動蕭瑟悲
江山秋已老
粥薬髩将衰

［無題］

縹渺《へうべう》たる玄黄《げんくわう》の外《そと》
死生　交《こも》ごも謝《しや》する時
寄託《きたく》　冥然《めいぜん》として去り
我《わ》が心　何《なん》の之《ゆ》く所《ところ》ぞ
帰来　命根《みやうこん》を覓《もと》むるも
杳窅《えうえう》として　竟《つひ》に知り難し
孤愁《こしう》　空《むな》しく夢を遶《めぐ》り
宛《えん》として蕭瑟《せうしつ》の悲しみを動かす
江山　秋已《すで》に老い
粥薬《しゆくやく》　髩《びん》将《まさ》に衰《おとろ》えんとす

廓寥天尚在
高樹独余枝
晩懐如此澹
風露入詩遅

廓寥《かくれう》として　天尚《な》お在り
高樹　独《ひと》り枝を余《あま》す
晩懐《ばんくわい》　此《か》くの如く澹《たん》に
風露《ふうろ》　詩に入ること遅《おそ》し

【出典】『思い出す事など』

はるかにおぼろな天地の外、死と生が入れ替わるとき、生きるよすがとなるものは、闇のなかに消え、我が心は、どこへ行こうとするのか。この現実の世界に帰って命の根を探し求めるものの、はるかぼうっとしてついに知ることができない。孤独なる愁いは、空しく夢をめぐり、あたかも、秋の草木を風が吹きぬける時の悲しみのようだ。川にも山にも、秋はすでに深く、髪は、いまにも真っ白になろうとする。天は、それでもなお、広大無辺にありつづける。背の高い木は、葉をすべて落とし、枝だけが残っている。思いは淡々として、風露が、ようやくに詩のなかへと入り込む。

五言古詩。漱石の漢詩のなかでも、一つの頂《いただ》きを窮《きわ》めたものといっていいだろう。まずこの語調の素晴らしさに注目したい。「ヒョウビョウタルゲンコウノソト　シセイ　コモゴモシャスルトキ……」とくりかえし音読してみるならば、韻律の見事な展開に一驚を喫するのではないか。大患後の、決して明晰とはいえない意識のなかで、いかにすればこのような理路をつくりあげることができたのか。そのことを考えると、漱石のなかの言語感覚の秀《しゅう》逸《いっ》さにあらためて思いを致さずにいられない。

漱石の脳が、東大医学部に保存されているというが、もし、前頭葉の言語中枢を調べることができるならば、通常では考えられないような発達が認められるのではないだろうか。そう思いたくなるほど、漱石の言語表現能力にはずばぬけたものがある。この能力が、いったいどこからやってきたのかと考えるとき、この漢詩が一つの手がかりになるように思われる。

つまり、人間の脳が、生と死ということを最も深いところからとらえようとするとき、もともと備わっていた言語表現能力に、おのずから磨きがかかるということなのである。

脳科学者の*茂木《もぎ》健一郎は、脳のはたらきについて独特の仮説を立てている。人間は、事に会ってさまざまな充実感を受け取るとき、心のなかに「クオリア」という質感が生じるのだが、それは*ニューロンの発火に象徴されるような脳内の現象と何らかの仕方で関わっている。この伝で行けば、さしずめ、漱石の脳などは、「クオリア」の生起する機会が常人を超えていたということになるだろう。それを解剖学的に実証できれば、この漢詩の素晴らしさの由来を解くことができるということになる。

しかし、人間の脳が、生と死の境界に直面するとき、言語表現能力に磨きがかかるという仮説は、「クオリア」説では解くことができない。なぜなら、生死の境にある人間とは、根本的に壊《こわ》れ物としてのそれだからである。脳もまた、その境界に接すれば接するほど、みずからの崩壊と消滅に直面せざるをえず、そこに「クオリア」に対応するような現象の生起《せいき》する余裕はない。もしそうであるとするならば、脳が、みずからの崩壊を前にして、それでも

*茂木健一郎―一九六二年―。脳科学者。慶応大学大学院特別研究科教授。著書『クオリア入門』『脳と仮想』。

*ニューロン―神経系の機能的単位となるもので、神経細胞とそれから出る突起を合わせたもの。情報処理、伝達などを行う。

なお、生とは何か、死とは何かと問うとき、「クオリア」とはまったく別の現象が一気に生起するといえないだろうか。

漱石の言語感覚の冴《さ》えが由来するのは、そこである。いかなる「孤愁」も「蕭瑟《しょうしつ》の悲しみ」もものともせず、「廓寥《かくりょう》として　天尚《な》お在り」とする、その実在するものへの信憑《しんぴょう》こそが、この現象をあらしめているのである。

13

［無題］

明治四十三年十月二十七日

馬上青年老
鏡中白髪新
幸生天子国
願作太平民

［無題］

馬上　青年老い
鏡中《きやうちゆう》　白髪新《あら》たなり
幸ひに天子の国に生まる
願はくは太平の民と作《な》らん

【出典】『思い出す事など』

馬上の青年にも、いずれ老いはやってくる。鏡に映る白髪は、新たに増え、時の流れも、瞬く間である。幸いにも天帝の治める国に生まれたのだ。太平の民となって、つつがなく老い行くことを願う。

「馬上　青年老い」という一行の喚起力に、注意したい。一行の詩は、世界に屹立《きつりつ》するという言葉があるが、自由詩においていわれたこの言も、淵源《えんげん》を求めれば、漢詩にゆきつくことがわかる。

日本の詩が、定型詩と自由詩からなり、現在では、定型は、短歌、俳句のみのものとなって、自由詩といえば行分け詩の代名詞のように扱われている。しかし、自由詩にも口語と文語の区別があり、後者にはおのずから定型が付いて回ることを考えると、世界に屹立《きつりつ》する一行の詩というのが、いったいどこに由来するのか分からなくなる。ここに漢詩を置いてみるならば、絶句にしても律詩にしても古詩にしても、一行一行の独立性の高いこと、群を抜いているのが明らかとなる。

この五言絶句など、その代表といってよく、「馬上　青年老い」に続く第二行「鏡中《きやうちゆう》　白髪新《あら》たなり」の独立性も、他に類を見ないものがある。栗毛の馬に乗った青年が、瞬く間に朽ち、白髪の翁となって鏡に映るという言葉には、異質な行を結びつけることによって、斬新《ざんしん》なイメージを喚起させるといった手法が刻み込まれている。それを可能にしたのは、漢詩という形式であるとともに、この形式を精一杯に活用して、世界に対峙《たいじ》する漱石の精神にほかならない。大患は、漱石をして、一瞬のうちに朽《く》ちていく生に向き合わせるとともに、この一瞬の生が、鮮やかなイメージとして結ばれる仕方にも目覚めさせた。

こう考えてみると、「幸いに天子の国に生まる」「願わくは太平の民と作《な》らん」という後半の二行の意味もおのずから明らかとなる。

世界に屹立する一行は、その独立性において、他の追随をゆるさないものであった。だが、やはり、それだけでは、行分け詩としての役割を満たさない。行分け詩においては、独立した一行が、どのように他と関係するかで決まるからである。一瞬のうちに朽ちていく生が、それにもかかわらず、太平の民となって、人々の間に生きる場を得ていく、そのような関係性こそ、この詩のテーマであることが明らかにされる。

『思い出す事など』において、漱石は、この関係性を「余は、病に生き還るとともに、心に生き還った。余は病に謝した。また余のためにこれほどの手間と時間と親切とを惜しまざる人々に謝した」という言葉であらわしている。たちまちのうちに老いてゆく馬上の青年も、人々への感謝によって、生を享受していることが明らかとされるのである。

14

〔無題〕　大正五年八月十九日

老去帰来臥故丘
蕭然環堵意悠悠
透過藻色魚眠穏
落尽梅花鳥語愁
空翠山遥蔵古寺
平蕪路遠没春流
林塘日日教吾楽
富貴功名曷肯留

〔無題〕

老い去って帰来《きらい》し　故丘《こきう》に臥《が》す
蕭然《せうぜん》たる環堵《くわんと》　意《い》　悠悠《いういう》
藻色《さうしよく》を透過《とうか》して　魚眠《ぎよみん》　穏《おだやか》かに
梅花を落とし尽《つ》くして　鳥語《てうご》　愁《うれ》う
空翠《くうすい》　山遥《はる》かにして　古寺を蔵《ざう》し
平蕪《へいぶ》　路遠くして　春流《しゆんりう》を没《ぼつ》す
林塘《りんたう》　日日《ひび》　吾をして楽しま教《し》む
富貴《ふうき》　功名《こうみやう》　曷《なん》ぞ肯《あへ》て留《とど》まらん

【出典】大正十三年版『漱石全集』〈第十巻〉

老いて故郷に戻り、隠棲《いんせい》する。わびしいながらこざっぱりとした家に、思いは、悠々。穏やかに眠る魚の夢は、藻の色を透かして延び、梅の花が散り尽くしては、鳥の声が愁いを帯びる。山のみどり遥かにして、古寺を隠すほど深い。平野は続き、道遠く、春の川の流れも、みえなくなる。林や池は、日々、私を楽しませる。富貴や功名の世界に、いつまで留まっていられよう。

漱石は、大正五年の八月から約百日のあいだに七十数首の漢詩を残している。この頃、東京朝日新聞に大作『明暗』が連載されているので、これらの漢詩が、『明暗』と平行して書かれたものであることは、明らかである。実際、*芥川龍之介、*久米正雄宛の書簡にも「僕は相変らず『明暗』を午前中書いています。心持は苦痛、快楽、器械的、この三つをかねています。それでも毎日百回近くもあんなことを書いていると大いに俗了された心持になりますので三四日前から午後の日課として漢詩を作ります」と記されている。

漱石が「大いに俗了された心持になる」と語った『明暗』では、津田と妹

＊芥川龍之介―一八九二年―一九二七年（明治二十五年―昭和二年）。東京帝大在学中の一九一四年、菊池寛、久米正雄とともに「新思潮」刊行。そこに発表された『鼻』が、漱石に激賞された。後に「将来に対するぼんやり

のお秀との間で、金銭の授受をめぐる角《つの》突き合いがくりひろげられていた。何事にも形式を重んずる津田と、一見正論を吐いているふうで、津田に劣らない体裁家《ていさいか》のお秀との葛藤は、兄妹喧嘩の域を超えた人間的葛藤の真実を告げるものであった。このような関係は、津田と妻であるお延《のぶ》との間でも、さらにお延とお秀との間でも繰り広げられる。たがいに譲ることのない彼らの自我は、まさに俗にまみれ、関係の醜悪さを露わにするのである。

漢詩を書くことは、漱石にとって、このような俗了《ぞくりょう》された心持からの灰《あ》汁《く》抜きにも似た作業であった。勢い、モチーフやテーマの現実性を可能な限り薄め、もともと漢詩のそなえている形式性に則った作品がつくられることになった。この作品も、そういった種類のなかの一編ということができる。隠逸《いんいつ》生活を理想とした陶淵明《とうえんめい》*の田園詩の枠組みを借りながら述べられる述解は、現実離れしていればしているほど、効果があるということになる。

だが、当時から二十有余年をさかのぼる時期の論文「老子の哲学」において、老子の「玄之又玄」について論じた漱石は、自然への冥合《めいごう》を理想としつつも、現実世界の錯雑《さくざつ》した関係から眼を背けることを決してよしとしないという態度を明確にしていた。そこからするならば、『明暗』における現実こ

した不安」という言葉を残して睡眠薬自殺。

*久米正雄―一八九一年―一九五二年（明治二十四年―昭和二十七年）。芥川龍之介、菊池寛とともに「新思潮」刊行。漱石に師事する。代表作に『破船』。

*陶淵明―三六五年―四二七年。中国東晋の詩人。二十九歳で仕官したものの、辞任を繰り返し、四十一歳で「帰去来辞」をつくり、退官。帰郷し隠遁生活に入る。「桃花源記」は桃源郷の語源となった作品として名高い。

そが主題であって、漢詩の現わす世界はあくまでも手すさびといっていいものであった。

実際、ここに詠《うた》われた世界は、これまで見てきた作品にくらべても意識的に、内容の薄いものとして描かれている。「老い去って帰来《きらい》し　故丘《こきゅう》に臥《が》す」という第一行から「富貴《ふうき》　功名《こうみやう》　曷《なん》ぞ肯《あへ》て留《とど》まらん」という最終行にいたるまで、技量の高度な割には、定型的といわざるをえないところが多々見受けられる。だが、漱石は、この場所からしだいに、午後の漢詩をも、午前の『明暗』に匹敵《ひってき》する作品として熟成させることを考えるのである。

15

【無題】　大正五年九月二十六日

大道誰言絶聖凡
覚醒始恐石人讒
空留残夢託孤枕
遠送斜陽入片帆
数巻唐詩茶後榻
幾声幽鳥桂前巌
門無過客今如古
独対秋風着旧衫

【無題】

大道《だいだう》　誰《たれ》か言う　聖凡《せいぼん》を絶《ぜつ》すと
覚醒《かくせい》して　始めて恐る　石人《せきじん》の讒《ざん》
空《むな》しく残夢《ざんむ》の孤枕《こちん》に託《たく》するを留《とど》め
遠く斜陽《しややう》の片帆《へんぱん》に入《い》るを送る
数巻の唐詩　茶後《ちやご》の榻《たふ》
幾声《いくせい》の幽鳥《ゆうてう》　桂前《けいぜん》の巌《いは》
門に過客《かきやく》無きは　今も古《いにし》への如く
独《ひと》り秋風に対して　旧衫《きうさん》を着《つ》く

【出典】大正十三年版『漱石全集』〈第十巻〉

前詩にくらべると、格段に深みが出てきている。そのことは、この七言律詩の前半四行と後半四行の乖離《かいり》を読み込むことによって、明らかにされるだろう。

まず漱石と思しい人物が、悪夢にうなされている場面である。午睡《ごすい》の夢のなかで、「大道《だいだう》　聖凡《せいぼん》を絶《ぜつ》す」などと誰が言うのかという叱責《しっせき》の声に出会う。何度も聞こえてくるその声に責められ、胸苦しさのあまり思わず目覚める。

天地の理法に適《かな》うとき、人は、聖人と凡人の別を超越するなど、いったい誰が、そんなことを言うのか。迷いから醒めてはじめて恐れる、石人の讒言《ざんげん》を。空しくも一人寝の枕に、夢の残りをあずけ、遠く行くひとひらの帆に、沈む夕陽を見送る。茶後の椅子に坐って読む、数巻の唐詩。木犀の樹の前には、巌が置かれ、姿を見せずに鳴く鳥の声が、幾つも聞こえる。門に客のないのは、今も昔と変わらない。一人秋風にふるえ、着古した羽織を着る。

朦朧《もうろう》とした意識のなかで、自分は*石人の讒言《ざんげん》に苦しめられていたのではないかという怖れにとらわれる。だが、悪夢は空しく枕下に消え去り、やがて、沈む夕陽が、窓外の海に浮かぶ帆に傾く。ここまでが前半。

夢からすっかり醒めた彼は、悪夢のことなどすべて意識の奥に仕舞いこみ、ゆっくりとお茶を飲む。それから数巻の唐詩を読み、飽いては、木犀《もくせい》の樹の前の岩を眺め、姿を見せずに鳴く鳥の声に耳傾ける。昔と同じように訪問客といって誰ひとりなく、ただ一人秋風に身をさらし、思わず肌寒さに着古した羽織《はおり》をまとう。

ここまでが後半だが、ここに漢詩の定型を見て、自然との冥合《めいごう》に安らかな境地を見い出す詩意識を汲み取るならば、前半は用を成さないことになってしまう。だが漱石は、後半の一見定型に似た詩法が、前半との乖離《かいり》において読まれるとき、異質の相をあらわにすることを示唆《しさ》している。つまり、秋風にふるえ、羽織を身にまとう孤独な人物は、無意識のうちに午睡《ごすい》の夢に聞こえてきた異様な声に脅かされているのである。その声は、石人の讒言にも聞こえ、こちらを貶《おとし》めてやまない。

*吉川幸次郎は、この時期の漱石の漢詩が、一見して俗了を絶っているかの

*石人の讒言―人間の石像のヒソヒソと言う中傷の言。

*吉川幸次郎―一九〇四年―一九八〇年（明治三十七年―昭和五十五年）。中国文学者。漱石の漢詩に注を入れた『漱石詩注』は、名著として読み継がれる。中国文学だけでなく、日本思想にも造詣が深く、著書に『仁斎・徂徠・宣長』などがある。

ようでいながら、人間世界の葛藤の影を常に帯びていたという意味のことを述べている。その伝でいくならば、石人の讒言に脅《おびや》かされ、思わず身を震わす人物という設定が、あながち牽強付会《けんきょうふかい》とはいえないということになる。それどころか、一人椅子に座り、沈む夕陽を眺めているこの人物は、まるで、トーマス・マン*『ヴェニスに死す』*の主人公アッシェンバハでもあるかのように思われてくるのである。

　彼もまた、俗世界のさまざまな讒言に脅かされながら、それらをすべて意識の奥に沈め、海浜の地にやってきたのであった。その彼が、ここでの漱石の人物と二重写しとなって、海に沈む夕陽を無言で眺めている情景を思い浮かべてみるのも、一興ではないであろうか。

＊トーマス・マン—一八七五年—一九五五年。ドイツの小説家。人間の運命を、深い悲劇性をたたえたものとする視点から、さまざまな人物像を描いた。代表作に、ドイツ教養小説の傑作とされる『魔の山』がある。

＊『ヴェニスに死す』—『トニオ・クレーゲル』と並ぶ初期の傑作。名声につつまれた孤独な作家が、観光に訪れたヴェニスの地で、美少年に心を奪われ、悲劇的な死を迎える。ルキノ・ヴィスコンティ監督によって映画化もされている。

16

〔無題〕　大正五年十月四日

百年功過有吾知
百殺百愁亡了期
作意西風吹短髪
無端北斗落長眉
室中仰毒真人死
門外追仇賊子飢
誰道閑庭秋索寞
忙看黄葉自離枝

〔無題〕

百年の功過《こうか》　吾《われ》の知る有り
百殺《ひやくさつ》　百愁《ひやくしう》　了期《れうき》亡《な》し
意を作《な》して　西風《せいふう》　短髪《たんぱつ》を吹き
端《はし》無くも　北斗《ほくと》　長眉《ちやうび》に落つ
室中に毒《どく》を仰《あふ》いで　真人《しんじん》　死し
門外に仇《あだ》を追いて　賊子《ぞくし》　飢《う》う
誰《たれ》か道《い》ふ　閑庭《かんてい》　秋　索寞《さくばく》たりと
忙《あはただ》しく看る　黄葉の自《おのづか》ら枝を離るるを

【出典】大正十三年版『漱石全集』〈第十巻〉

人生百年の功罪、他人には分かるまいが、自分の人生、自分が知らないわけはない。百たびも愁いを抱かされ、この愁いの終わることはない。ことさら、秋風は薄くなった髪に吹き寄せ、はからずも、北斗七星は、長い眉に落ちかかる。禅室の中にある至高の人格も、毒薬を飲んで死し、外へと仇敵《きゅうてき》を追って、賊は飢える。静かなたたずまいの我が庭も、この秋、ただ索漠《さくばく》とわびしいだけではない。黄葉のおのずから枝を離れるのを、あわただしい気分で眺めるのである。

見るほどに、烈しい詩といえる。二行目「*百殺《ひゃくさつ》　百愁《ひゃくしゅう》　了期《れうき》亡《な》し」からも、自然との冥合ということは、もはや主題の外と判断することができる。代わってあらわれるのは、人間世界の葛藤の姿。それが「毒死」や「仇敵《きゅうてき》」という言葉において語られるところに、漱石の真骨頂《しんこっちょう》がある。

　この詩を書いていた頃、午前の日課であった『明暗』執筆が、どのあたりに差し掛かっていたか定かではない。が、先に引いた八月十九日から一月半《ひとつきはん》

＊百殺百愁—百たび愁いを抱かされ、この愁いの終わることはない。

ほど経て、金銭をめぐる津田とお秀とお延の葛藤が、愛をめぐってのそれへと変わっていることに注意したい。夫の津田に、絶対的に愛されたいというお延と、完全な愛などというものが、男女の間で成り立つはずはないというお秀との対立が、恋愛観の相違ということにかぎらない意味を持って迫ってくる。

そこで漱石が主題としているのは、理想と現実との対立という問題である。人間的葛藤の根本には、この問題がかかわっているというのが、漱石の終生のテーマであった。たとえば、『吾輩は猫である』の前年に発表されたシェイクスピア*の悲劇『マクベス』の幽霊について論じた文章である。そこにおいて、漱石は、国王のダンカンを殺害し、友将のバンクォーを謀殺《ぼうさつ》したマクベスが、幻覚に悩まされていく過程について言及しながら、幽霊とは、マクベスの意識下に巣食っているとらえどころのない憂鬱ではないかと論じている。

この憂鬱がマクベスを駆り立てて王の座にすわることを企てさせたのであるならば、マクベスとは、理想家というものの負の姿を典型的にあらわしたものではないかというのが、漱石の言わんとするところなのである。「バー*

＊シェイクスピア　一五六四年—一六一六年。卓越した人間観察力と内面描写によって、多くの名作を残す。『ハムレット』、『マクベス』、『オセロ』、『リア王』は、四大悲劇といわれる。

ナムの森が動かない限り」という魔女の予言を信じようとするマクベスは、結局、現実の測《はか》りがたさによって理想が敗れるという事態を受け入れるほかなくなる。

至高《しこう》の人格を持つ存在の毒死、仇敵を追って跳梁《ちょうりょう》する賊の姿といったこの詩の書割《かきわり》が、どこかこの「マクベス」を思わせるものがあると言っては、言い過ぎになるだろうか。だが、漱石は、完全な愛を求めてやまないお延の運命に思いをはせながら、この女性のなかに燃える理想の炎を、どのように処理していくかを考えていた。そこに、かつて論じた「マクベス」の幽霊が連想され、思わず毒死と仇敵を詩に詠うことになった。そう言っていけないことはないのである。

＊バーナムの森が――スコットランド中部に広がる森。この広大な森が動くようなことがない限りマクベスは安泰であるという魔女の予言。しかし、イングランド軍の策略によって、森は動き出し、マクベスは動揺する。

17

【無題】　大正五年十月六日

非耶非仏又非儒
窮巷売文聊自娯
採擷何香過芸苑
徘徊幾碧在詩蕪
焚書灰裏書知活
無法界中法解蘇
打殺神人亡影処
虚空歴歴現賢愚

【無題】

耶《や》に非《あら》ず　仏《ぶつ》に非ず　又《ま》た儒《じゅ》に非ず
窮巷《きゆうかう》に文を売りて　聊《いささ》か自《みずか》ら娯《たの》しむ
何の香《か》を採擷《さいけつ》して　芸苑《げいゑん》を過ぎ
幾碧《いくへき》に徘徊《はいかい》して　詩蕪《しぶ》に在り
焚書灰裏《ふんしよかいり》　書は活《い》くるを知り
無法界中《むほふかいちゆう》　法は蘇《よみがへ》るを解す
神人《しんじん》を打殺《ださつ》して　影亡《な》き処
虚空歴歴《こくうれきれき》として　賢愚《けんぐ》を現《げん》ず

【出典】大正十三年版『漱石全集』〈第十巻〉

キリスト教徒、仏教徒、儒者、自分はそのいずれでもない。露地裏で売文稼業《かぎょう》をし、まず何とかひとり楽しむ者だ。どのようなにおい草を摘《つ》み取って文芸の畑を通り過ぎただろうか。また、詩の草むらではどれだけのみどりあるあたりをさまよったか。書物は、焚書《ふんしょ》の灰の中より復活することを知り、法のない世界でこそ、法は蘇《よみが》ることを解した。絶対者を打ち殺して、姿も消え去ったところ。虚空《こくう》にくっきりと賢者と愚者の相違があらわれるのではないか。

　前詩の翌々日に作られたもの。形而上的といっていい内容は、前詩から受け継いだものと思われる。一行目「耶《や》に非《あら》ず　仏《ぶつ》に非ず　又《ま》た儒《じゅ》に非ず」の目覚しさに、まず注目したい。『論語』にいうところの「子《し》、*怪力乱神《かいりよくらんしん》を語らず」に通ずるような迫真性がある。

　この言葉、一般的には、孔子の合理的精神について述べたものとされるのだが、そういうことではないだろう。孔子は、神とか、鬼とか、霊魂とかい

*怪力乱神《かいりよくらんしん》―怪異と怪力と悖乱《はいらん》と鬼神の意から、理性では説明のできないこと。

ったものについては一切語らないと言っているので、ここに、儒教を他の救済宗教から区別する理由があるということもできるのである。

これに比べるならば、漱石の「耶《や》に非《あら》ず　仏《ぶつ》に非ず　又《ま》た儒《じゅ》に非ず」という言葉は、それに続く三行からしても、みずからが文芸の徒《と》であることの理由を述べた言葉にすぎず、なんら宗教的な問題とはかかわらないようにみえる。しかし、後半にいたって、俄然《がぜん》、宗教の色合いが濃くなってくるのだ。とりわけ、「神人《しんじん》を打殺《ださつ》して　影亡《な》き処／虚空歴歴《こくうれきれき》として　賢愚《けんぐ》を現《げん》ず」の二行からは、鮮烈な印象がつたわってくる。それは「怪力乱神を語らず」という孔子の言葉が、「怪力乱神を打殺したがゆえに、もはや、虚空歴歴に現ずる賢愚の別についてしか語らない」ということを述べていると示唆しさえするのである。

漱石の立場は、反宗教的といった方がいいのかもしれない。だが、この反宗教性は、宗教の本質をなすものであって、キリスト教、仏教を問わず、儒教においてさえも、それは貫かれているといえる。儒教が救済宗教とならなかったのは、むしろ反宗教性を根本としたからということもできるのだが、実際、仏教においても、キリスト教においても、その本質は、救済というころにはないのである。

一篇の漢詩をだしにして宗教談義をはじめても、詮無《せんな》いことではある。しかし、漱石にはまちがいなく宗教の本質にかかわるモチーフがあった。それは『行人』の一郎をして、「神は自己だ」「僕は絶対だ」と言わしめたものでもある。この詩でいうならば、「絶対者を打ち殺したところにこそ、虚空にくっきりと賢者と愚者の相違があらわにされる」という一節ににじみ出ているもの。そこにこそ、深い宗教性がみとめられるといっていい。

宗教的な救済が、人間的葛藤を解消し、理想と現実の別を揚棄《ようき》しようとするならば、むしろ、いっさいの救済を拒絶して、それらを、言葉によって現わしていくこと。それが漱石の立場であったといえばいいであろうか。

＊揚棄《ようき》―物事の矛盾や対立を、より高次の段階で統一すること。止揚《しよう》ともいう。

18

【無題】　大正五年十月二十日

半生意気撫刀鐶
骨肉銷磨立大寰
死力何人防旧郭
清風一日破牢関
入泥駿馬地中去
折角霊犀天外還
漢水今朝流北向
依然面目見廬山

【無題】

半生の意気　刀鐶《とうくわん》を撫《ぶ》し
骨肉《こつにく》　銷磨《せうま》して　大寰《だいくわん》に立つ
死力　何人《なんびと》か　旧郭《きうかく》を防《ふせ》ぐ
清風　一日《いちじつ》　牢関《ろうくわん》を破る
泥に入りし駿馬《しゆんば》　地中に去り
角《つの》を折りし霊犀《れいさい》　天外に還《かへ》る
漢水《かんすい》　今朝《こんてう》　流れて北に向かい
依然《いぜん》たる面目《めんぼく》　廬山《ろざん》を見る

【出典】大正十三年版『漱石全集』〈第十巻〉

半生の意気込みで、刀のつばに手をそえ、身構える。だが、骨と肉はすり減り、やせ細って、ようやく大地に立っていられる状態だ。いったい誰が、死力を尽くして、旧い城郭を守ろうとするのか。すがすがしい風が、ある日、堅牢な関所を破るというのに。泥に足を取られた駿馬は、地中に消え去り、角を折った霊犀は、天の彼方に帰っていくのだ。南に流れるはずの漢水が、今朝は、北に流れている。だが、そんな天変地異にもかかわらず、依然として変わらない廬山の真面目《しんめんもく》が、いま、眼前にある。

大正五年十月も二十日余りになると、漱石の命脈あと一月半《ひとつきはん》といったところになってくる。十一月二十二日に倒れ、修善寺の大患につぐ二度目の人事《じんじ》不省《ふせい》に陥《おちい》った漱石は、それから半月余り後の十二月九日、ついに帰らぬ人となる。そのような運命を念頭においてこの詩を読んでいくとき、不思議な感懐に打たれる。いったいどこから、半生の意気が湧き起こり、死力を尽くして、旧郭を防ごうとしているのか、それは真実、漱石であるのか、それともほかの誰かであるのかといった思いといってもいい。

そのような思いのなかで、とりわけ魅かれるのは、「泥に入りし駿馬《しゅんば》　地中に去り」「角《つの》を折りし霊犀《れいさい》　天外に還《かえ》る」という二行である。何かの故事に由来するのでもあろうか、不思議な言葉である。漱石の漢詩に注を付した吉川幸次郎は、この二行について、出所不明としている。だが、これらの言葉の出所不明のたたずまいこそ、むしろ、鮮烈を極《きわ》めるというべきであろう。「泥に足を取られた駿馬は、地中に消え去り、角を折った霊犀は、天の彼方に帰っていった」と訳してみたものの、この二行の鮮やかなイメージをつたえきれているとは思えない。漱石の詩人としての力量、測りがたいものがある。

これらのイメージから思い描かれるのは、人間の力を超えたところで生起する大きな挫折のすがたといったものだ。しかし、それが、少しも暗鬱なものを印象づけず、泥に足を取られても駆けようとする駿馬や、角を折られてもなお天の彼方へ向かう霊犀といった躍動感に満ち溢れたものからなっているということ。そこに、この詩句の尋常ならざる喚起力があらわれるのである。まるで、神々の挫折とでもいうような、力の源《みなもと》をかいまみせる詩句といってもいい。

考えてみれば、漱石の四十九年の生涯もまた、大きな挫折のなかから起ちあがるものとともにあった。当時において並ぶ者のないほどの存在であった漱石に、挫折という言葉ほど相応《ふさわ》しからざるものはないということもできる。だが、漱石のなかには、人生というものは、誰の人生であれ挫折の繰り返しからなっているということについての、透徹《とうてつ》した認識があった。それは、そういう人生に対して限りなく共苦*する力からやってくるものであった。だからこそ、この共苦《コンパッション》は、自分一個の生涯を越えた、大きな挫折のすがたを形象化することができたのである。そこに、「依然として変わらない廬山の真面目」がすがたを現わすのは、自然の成り行きであった。

＊共苦する力―他者への思いやりのうちから起ってくる力。この「共苦《コンパッション》」について、ナチスの迫害を受けた政治思想家、ハンナ・アレントは「絶対的多数の群衆の際限のない苦悩へではなく、一人の人間の不幸の特殊性へ向けられたものである」と語っている。

19

【無題】 大正五年十一月十九日

大愚難到志難成
五十春秋瞬息程
観道無言只入静
拈詩有句独求清
迢迢天外去雲影
籟籟風中落葉声
忽見閑窓虚白上
東山月出半江明

【無題】

大愚《たいぐ》 到《いた》り難《がた》く 志《こころざし》 成り難し
五十の春秋《しゅんじう》 瞬息《しゅんそく》の程《てい》
道を観《み》るに 言《げん》無くして 只《た》だ静《せい》に入り
詩を拈《ひね》るに 句有りて 独《ひと》り清《せい》を求む
迢迢《てうてう》たる天外 去雲《きよううん》の影
籟籟《らいらい》たる風中 落葉《らくえふ》の声
忽《たちま》ち見る 閑窓《かんそう》 虚白《きよはく》の上《うへ》
東山《とうざん》 月出《い》でて 半江《はんかう》 明らかなり

【出典】 大正十三年版『漱石全集』〈第十巻〉

大愚への到達は難しく、志は成り難い。五十年の歳月も、またたくまである。道を見極めるも、言葉なく、ただ静寂へと入り込む。詩をひねるに、ようやく句が現われて、ひとり清清しさを求める。遠い空の彼方には、去り行く雲のすがた。さやかなる風に、落葉のかそけき音。とりとめないままに、静かな窓から天に眼をやる。ひとけのない部屋の清潔な空間の上、東山に月が出て、川の中ほどまで明るく照らしている。

前詩から約一月《ひとつき》を経て、漱石の境地《きょうち》、いよいよ死に近い時間のなかにあるといえばいいだろうか。そのことを象徴しているのは、「大愚《たいぐ》　到《いた》り難《がた》く志《こころざし》　成り難し」という第一行である。これまでのような、「半生の意気」を感じさせるものは一転して影をひそめ、ある大きな諦観《ていかん》といっていいものがすがたをあらわしている。

そもそも大愚とは、何であろうか。*『荘子《そうじ》』天地篇五に「其の愚を知る者は、大愚に非《あら》ざるなり。其の惑いを知る者は、大惑《たいわく》に非ざるなり。大惑する

＊『荘子』―荘子の著書とされる道教の原典。「無為自然」を説く。

者は終身解けず、大愚なる者は終身霊《あき》らかならず」といった言葉が見られる。ここでいう大愚が、この詩に詠われたそれと対極にあることは明らかである。ここではむしろ、おのれの愚かさを知りえない者こそ、大愚に近いからである。

だが、漱石がこの詩において、どうしても到り難いとする大愚とは、＊荘子《そうし》のいう「知ること」「わきまえること」の是非によっては、決してすがたを現わすことのないものである。それは、みずからの生死を賭けるときにのみ、かいまみられるものにほかならない。たとえば、孔子はこれを「道」という言葉で受け取り、「朝《あした》に道を知らば、夕《ゆうべ》に死すとも可なり」という言葉で述べたのである。漱石もまた、同様に「道を観《み》るに　言《げん》無くして　只《た》だ静《せい》に入り」と述べることによって、大愚に到り難い理由を明らかにするのだが、少なくとも、孔子のいう「夕《ゆうべ》に死すとも可なり」といった思いまではおもてにすることがなかった。

そのかわりというべきか、漱石は、この「道」や「大愚」や「志」がいかに困難であるかを示唆《しさ》することによって、もしも自分に「死」が訪れた時には、その困難が一挙に解消されるのかもしれないという思いを示唆するので

＊荘子《そうし》―推定紀元前三六九年―紀元前二八六年。中国戦国時代の思想家。道教の始祖の一人とされている。儒教の人為的礼教をを批判し、無為自然を説く。老子の思想と合わせて老荘思想ともいう。

ある。ある大きな諦観というのは、そのことにほかならない。死がやってきた時には、この身は無に帰すのであるとするならば、その無である存在を満たすものこそが、「大愚」であり「志」であり「道」であるのだ。

　後半の、無そのものであるような心境を「遠い空の彼方には、去り行く雲のすがた。さやかなる風に、落葉のかそけき音。とりとめないままに、静かな窓から天に眼をやる」と訳してみたが、ここに述べられているのが、決して自然への冥合《めいごう》といったものではなく、光満ちた空虚ともいうべきものであることを示してみたかった。月が川の中ほどを明るく照らしているという最終行の情景もまた、空虚そのもののすがたであることに気づいていただけるならば、もって冥《めい》すべしである。

20

［無題］ 大正五年十一月二十日夜

真蹤寂寞杳難尋
欲抱虚懐歩古今
碧水碧山何有我
蓋天蓋地是無心
依稀暮色月離草
錯落秋声風在林
眼耳双忘身亦失
空中独唱白雲吟

［無題］

真蹤《しんしょう》　寂寞《せきばく》として　杳《はる》かに尋《たず》ね難《がた》く
虚懐《きょくわい》を抱《いだ》きて　古今に歩まんと欲す
碧水《へきすい》　碧山《へきざん》　何ぞ我《われ》有らん
蓋天《がいてん》　蓋地《がいち》　是《こ》れ無心
依稀《いき》たる暮色《ぼしょく》　月は草を離れ
錯落《さくらく》たる秋声《しゅうせい》　風は林に在り
眼耳《がんじ》　双《ふた》つながら忘れて　身も亦《ま》た失い
空中に独《ひと》り唱《とな》う　白雲吟《はくうんぎん》

【出典】 大正十三年版『漱石全集』〈第十巻〉

真実の足跡は寂漠として、はるかに尋ねがたく、心を空しくして、古今の世界を歩もうとする。碧《あお》い水、碧い山、そこにどうして私があろうか。天地自然は、これすべて無心。おぼろなる暮色、月は草原を離れて空に。錯《さく》落《らく》とした秋の音、風は林の中を吹いていく。見ることも聞くことも忘れて、この身もまた失い、空中にひとり、白雲の吟《ぎん》を唱える。

大正五年十一月二十日夜と日付を付されたこの作品が、漢詩として絶筆となるものであり、翌二十一日の午前『明暗』の執筆をもって、最終的に漱石の筆は擱《お》かれるのである。ちなみに、未完となった『明暗』の掉尾《とうび》は、清子のいる温泉宿にやってきた津田が、思いがけない再会を果たした翌朝、こんな会話を交わす場面から成っている。

「あなたはいつごろまでおいでです」
「予定なんかまるでないのよ。宅《うち》から電報が来れば、今日にでも帰らなくっちゃならないわ」

津田は驚いた。

「そんなものが来るんですか」

「そりゃ何とも云えないわ」

清子はこう云って微笑した。津田はその微笑の意味を一人で説明しようと試みながら自分の室《へや》に帰った。


しかし、この場面が書かれたのが、間違いなく翌二十一日の午前であったのかどうか、いまとなっては証明するものは何もない。この場面が「*真蹤《しんしょう》寂寞《せきばく》として　杳《はる》かに尋《たず》ね難《がた》く／虚懐《きょくわい》を抱《いだ》きて　古今に歩まんと欲す」という二行の先に書かれたのか、あるいは、「*眼耳《がんじ》　双《ふた》つながら忘れて　身も亦《ま》た失い／空中に独《ひと》り唱《とな》う　白雲吟《はくうんぎん》」という二行の後に書かれたのか、いまとなっては証明するものは何もないと言い換《か》えてもいい。だが確実に分かるのは、どちらであっても、漱石は、このとき、言葉によってみずからの死を予告していたということである。

真っ先に予告すべきは、いうまでもなく『明暗』を愛読していた読者に対

＊真蹤寂寞として―真実の足跡は寂寞として、はるかに尋ねがたく、心を空しくして、古今の世界を歩もうとする。

＊眼耳双つながら―見ることも聞くことも忘れて、この身もまた失い空中にひとり、白雲の吟を唱える。

してである。それはすでに、この場面にいたる前に、迷路のような宿の廊下をさ迷い歩く津田の怖れを描くことによって、尋常ならざる精神のありようとして示唆されていた。だが、ここにいたって、「そんなものが来るんですか」という直截な疑念の言葉となって、あらわれるのである。

そんなものとは、もちろん清子宛の電報を指す。だが、これを凶事《きょうじ》の知らせと取り、漱石は、みずからの死の訪《おとず》れを予感しながら、この一節を記したと取ることは、あながち牽強《けんきょう》付会《ふかい》ではないのである。というのも、この詩の最終二行「眼耳《がんじ》　双《ふた》つながら忘れて　身も亦《ま》た失い／空中に独《ひと》り唱《とな》う　白《はく》雲吟《うんぎん》」である。

見事というべきではないだろうか。手すさびと公言して憚《はばか》らなかった午後の漢詩に、もはや無となって、空中にひとり、白雲の吟を唱えるおのれのすがたを刻み込む漱石は、死してなお生きるということの深い意味を、小説の場面の背後に、隠し絵のように描き込んだのである。

詩人略伝

夏目漱石は、慶応三年（一八六七）一月、江戸牛込《うしごめ》に生まれた。本名、金之助。八人兄妹の末っ子であった。漱石という名前は、中国の故事「漱石枕流《そうせきちんりゅう》」に由来する。母親が高齢出産であったことと、子沢山とから、その出生は必ずしも歓迎されるものでなく、一歳で養子に出された。十歳にして、生家に引き取られたものの、養家での経験は決して喜ばしいものではなかった。明治十一年、十一歳で府立第一中学校に入学。以後、第一高等中学校、帝国大学と進学。第一高等中学校本科にて、正岡子規《しき》と同級となる。子規を通して俳句、漢詩の創作に励んだ。一方、英文学研究に打ち込み、大学院在学中には、何本かの研究論文を発表している。漱石と同年代の明治の文学者には、子規のほかにも、幸田露伴《ろはん》、尾崎紅葉《こうよう》、森鷗外、二葉亭四迷などがいるが、すでに小説家として名を成していた。漱石が小説家として起つのは、これから十年以上後、『吾輩は猫である』を発表して以来であった。そのあいだ、愛媛《えひめ》松山中学、熊本高校において英語教師として教鞭を取り、三十三歳から二年間英国留学。帰国後は帝国大学講師となった。明治三十八年『吾輩は猫である』の好評を機に『坊っちゃん』『草枕』『三四郎』『それから』『門』と次々に小説を発表した。明治四十三年、四十三歳で大病に襲われ、三十分間人事不省となる。以後、小説だけでなく、俳句・漢詩の創作にも打ち込み、大正六年四十九歳で亡くなるまでに、『行人《こうじん》』『こころ』『道草』『明暗』（未完）といった、近代文学史に刻まれる重厚深遠な小説を残した。

略年譜

年号	西暦	年齢	漱石の事跡	歴史事跡
慶応　三年	一八六七年	0	江戸牛込に生まれる。父夏目小兵衛直克と母千枝の五男、八人兄妹の末っ子であった。金之助と名づけられる。	
明治　元年	一八六八年	1	塩原家に養子として出される	
九年	一八七六年	9	生家に引き取られる。	
十年	一八七七年	10		西南戦争
十一年	一八七八年	11	東京府立第一中学校入学。	
十四年	一八八一年	14	母千枝死去。二松学舎に転校。漢学を学ぶ。	
十七年	一八八四年	17	大学予備門（第一高等中学校予科）入学。一度落第するものの、後首席で通す。	
二十一年	一八八八年	21	塩原姓より夏目姓に復す。第一高等中学校本科英文科に入学。	

二十二年　一八八九年　22　第一高等中学校本科に在籍していた正岡子規を知る。子規を通して、俳句・漢詩の創作を行うようになる。漱石の文才は、子規を驚嘆させる。

二十三年　一八九〇年　23　第一高等中学校卒業。帝国大学文科大学英文科に入学。文部省の貸費生となる。後、特待生となる。

二十六年　一八九三年　26　文科大学英文科卒業、大学院に入学。この頃「哲学雑誌」に英文学の論文発表。高く評価された。

二十七年　一八九四年　27　日清戦争

二十八年　一八九五年　28　松山中学校教諭となって赴任する。

二十九年　一八九六年　29　熊本第五高等学校講師に就任。貴族院書記官長中根重一の長女鏡子と結婚。

三十三年　一九〇〇年　33　文部省より英国留学の辞令が下り、ロンドンへと赴く。二年間の留学を経て帰国。

三十六年　一九〇三年　36　東京帝国大学英文科講師に就任。

三十七年　一九〇四年　37　日露戦争

三十八年	一九〇五年	38	『吾輩は猫である』を発表。好評を博す。以後、『坊っちゃん』『草枕』『三四郎』など、次々に発表する。	
四十年	一九〇七年	40	東京帝国大学講師を辞任し、朝日新聞社に入社。作家として独立する。入社第一作『虞美人草』発表。継いで、『それから』『門』を発表。	
四十三年	一九一〇年	43	修善寺温泉にて大吐血、人事不省に陥る。この経験は、小説にも詩歌にも新境地を開かせるきっかけとなる	大逆事件
大正元年	一九一二年	45	大患後最初の小説『彼岸過迄』発表。以後、病気と闘いながら、『行人』『こころ』『道草』『明暗』と一年に一作の割合で、長編小説を発表する。	
三年	一九一四年			第一次大戦
五年	一九一六年	49	『明暗』執筆中に倒れ、人事不省となる。十二月九日、永眠。四十九歳十一ヶ月の生涯を閉じる。	

解説　「漱石の詩魂」――神山睦美

最も詩に近い小説

漱石の小説のうち、最も詩に近いものをと問われたならば、迷わずに『坊っちゃん』を挙げるだろう。「親譲りの無鉄砲で小供《こども》の時から損ばかりして居る」という書き出しから、「その後ある人の周旋で街鉄《がいてつ》の技手になった」という最後のくだりにいたるまで、この物語は小説でありながら、いたるところに詩を感じさせる。

ここでいう詩とは、まず世の中に染まらないものである。同時に、信念を貫き通すことである。そのために、あえて損な生き方を選んでしまう。だが、決して愛するものを裏切らない。もっと言うならば、現世の矛盾と闘い、みずからは滅びることも辞せずにこの世を救おうとするもの。そういう存在にそなわった、一瞬の輝きをいう。

坊っちゃんの魅力は、これに尽きるといっていい。だから、坊っちゃんが、江戸っ子の中学教師で、後に街鉄の技手となるような、市井の人でなければ、詩人として描かれても少しもおかしくない。いうまでもなく、詩人とは、古来から神々の魂を背負ってさまよい歩く者の謂《い》いである。

折口信夫は、これをまれびとと名づけた。流浪する貴種や追放された罪びととして人々のもとにすがたを現わす者。だが、それにかぎらない。坊っちゃんのように、無鉄砲で、正義感が強く、都落ちをなんら意に介することなく野に下る人間。心優しいうらなり君のためには、決して赤シャツや野だいこの姦計《かんけい》にのらず、辞表を突きつけて去るような者をも言うのである。

偉大な文学者というのは、必ずこのような存在のイメージを心の奥に秘めている。詩魂を内に秘めているといってもいいのだが、そのことは彼が、小説家であることと少しも矛盾しない。たとえば、ドストエフスキー、そしてトルストイ、またトーマス・マン、あるいはヘミングウェイ。いや、カフカやプルーストといった、もっぱら人間の内面を描いた作家においても、例にもれない。

だが、彼らの小説を読んで、そのことを直観することはできても、なぜ『白痴《はくち》』のムイシュキンがそうであるのか、『アンナ・カレーニナ』のレーヴィンが、『魔の山』のハンス・カストルプがと数えていっても、なかなか答えが返ってこない。彼らは、詩を書くことによって、いわば言葉の力だけで、このような存在のありかたを表現するということをしていないからである。それは、『変身』のグレゴール・ザムザや『審判』のヨーゼフ・Kを生み出したカフカにおいても例外ではない。

漢詩表現のめざましさ

幸いというべきか、漱石だけは、坊っちゃんに匹敵する詩を残しているのである。そのことは、ここに収められた四十篇の俳句と漢詩を読んでいくとおのずから納得いくにちがいない。とりわけ、漢詩表現のめざましさは、類を見ないものがある。

たとえば、中の一篇に「魂《たましひ》は飛ぶ　千里　墨江《ぼくかう》の湄《ほとり》」という一行がある。この千里を飛んで、墨江《ぼくこう》の湄《ほとり》にまみえる魂とは、まさにまれびとのそれではないだろうか。折口が、人々の心を奮い立たせるために時をおいて訪れる存在について語ったとき、魂が千里を飛んでやってくるということをほとんど確信していた。

同じように、『アンナ・カレーニナ』のレーヴィンが、ロシア・トルコ戦争において、なだれを打つように義勇兵として参戦する民衆を前に、「民衆がわが身を犠牲にしたり、犠牲にする覚悟を固めるのは、あくまでも自己の魂のためであって、人殺しのためではない」と応ずるとき、魂が千里を飛ぶということについてのトルストイの信憑《しんぴょう》を口にしていたのである。

これにくらべるならば、坊っちゃんの魂は、べらんめえの江戸っ子のうちに仕舞われてなかなか顔を見せないきらいはある。だが、山嵐に次いで間髪入れず辞表をたたきつけるなど、魂の仕業とでも考えなければつじつまが合わない。しかも漱石は、この千里を飛ぶ魂が、悲劇的というほかない事態に出会ったときに、その真価を発揮するということをくだんの漢詩において示唆するのである。

「墨江《ぼくかう》の湄《ほとり》」に向かって飛んでゆく魂は、何人かの別れた友にまみえるために千里を翔ける。まるで『こころ』の「先生」が魂となって、死んだKにまみえるために千里を飛んでゆくかのようではないか。そのことを知った若い「私」が、取るものも取りあえず、急行列車

に乗って先生のもとへ向かう時、同じように魂の、千里を飛ぶ思いのうちにあるといってい
い。

理想の灯を燈した存在

だが、『こころ』の「先生」や「私」のなかに詩人の魂が宿っているということは、たとえとしてならば成り立つかもしれないが、現実としてはなかなか受け入れがたい。そう言う向きがあることを承知の上で述べたいのだが、「先生」や「私」どころか、『明暗』のお延のなかにもまた、千里を飛ぶ魂というものが仕舞われているといえないだろうか。

この見栄っ張りで、体裁ばかりを気にするお延が、清子への未練を断ち切れない夫の津田に対して、あなたに愛されたいという気持ちには寸分の狂いもないのだから、自分をたすけると思って、ほんとうのことをしゃべって下さいと懇願する場面を前にすると、ここに坊っちゃんが、現実の人間関係のなかに姿を変えて登場しているのではないかという錯覚に陥るのである。

というのも、このお延という女性こそ、愛において決して世の中に染まらないものであり、同時に、みずからの信念を貫き通すことを、夫への愛においてしかあらわすことのできない存在だからである。これを詩人の魂ということに語弊があるとするならば、理想の灯を燈した存在の、その魂のありようといっていいのではないだろうか。

このことは、『道草』や『明暗』を、夫婦の行き違いを描いた小説として読んでいるかぎり、なかなか理解することのできないことなのである。お住やお延という女性には、当時の

女性にはめったに見られない自己主張の強さはみとめられても、『白痴』のナスターシャや『アンナ・カレーニナ』のアンナのなかに燃え盛る、破滅をもいとわずにおのれを貫こうとする火というものをみとめることができないからである。だが、『明暗』執筆時の漢詩に目を移してみるならば、漱石のなかで、どのような理想の灯が点っていたかを知ることができる。

挫折をも含めた理想のイメージ

たとえば、一月半《ひとつきはん》後の死を控えた作品のなかで、「泥に入りし駿馬《しゅんば》　地中に去り」「角《つの》を折りし霊犀《れいさい》　天外に還《かえ》る」という二行をみいだす時、この駿馬《しゅんば》や霊犀《れいさい》をお延の化身として読むことはできないだろうかという思いにとらわれる。いやむしろ、泥に足を取られて地中に去っていく駿馬《しゅんば》から連想されるのは、近づいてくる車両を前にして「神様、許してください、何もかも」と小さくつぶやきながら投身するアンナの姿である。さらには、角を折られて天外に還っていく霊犀《れいさい》とは、ラゴージンの手で殺害され、ムイシュキンの見守るなか、寝台に横たえられたナスターシャの霊を示唆するとも取れるのである。

そういう読みを可能にするものこそ、漱石の詩魂なので、それは、ドストエフスキーやトルストイに劣らないかたちで、『明暗』や『道草』や『こころ』という作品を動かしている。『こころ』という小説を読んで、なぜこれほどまでに先生の悲劇に惹かれるのか、『道草』のくすんだ日常の奥に、なぜこのような存在のうごめきがかいまみられるのか、そしてお延をはじめとする『明暗』の人物たちの葛藤に、なぜこれほど光彩陸離たるものを感じるのか。

その理由を尋ねていくならば、この詩人の魂というものにいたりつくいがいないのである。

　詩人としての漱石とは、私たちが偉大な作家のなかに直観的にみとめるものを、漢詩というかたちをもって、時には、俳句というかたちをもってあらわしてみせたものの謂《い》いであろう。たとえ漱石が、そのような漢詩や俳句を残さないでも、『坊っちゃん』から『明暗』までにいたるいくつかの小説によって、世界に伍する小説家であることに変わりはないということもできる。だが、それらを残したからこそ、とりわけ漢詩という形式のなかに、挫折も含めた理想というものの鮮やかなイメージを盛り込んで見せたからこそ、トルストイにも、ドストエフスキーにも、あるいは、カフカやプルーストにも匹敵する作家であることをみずから証明していたということができる。

　ここに収められた四十篇の俳句と漢詩を通して汲み取ることができるのは、そのことである。

読書案内

坪内稔典編『漱石俳句集』（岩波文庫）一九九〇
漱石の俳句を素手で読むのには、最適の一冊。訳も解説も付せず、最小限の注だけで読んでいける。

吉川幸次郎『漱石詩注』（岩波新書）二〇〇二
漱石の漢詩の中から主要なものを選び、懇切な注釈をつけたもの。中国文学者としての著者の精神が脈打つ名著。

〇

江藤淳『決定版　夏目漱石』（新潮文庫）一九七九
いわゆる漱石神話を崩して、漱石のなかに他者との葛藤のモチーフを深く読み込んだ文芸評論の名著。

柄谷行人『増補版　漱石論集成』（平凡社ライブラリー）二〇〇一
漱石のなかに、畏怖する人間を読み取った存在論的批評の秀作。

〇

三浦雅士『漱石　母に愛されなかった子』（岩波新書）二〇〇八
題名通り、漱石のなかに母から捨てられた子の悲しみを汲み取った批評的随筆。

夏目鏡子『漱石の思い出』（文春文庫）一九九四
漱石夫人の手になる口述筆記の随筆。漱石悪妻説を覆すような事実が随所に語られている。

水村美苗『続明暗』（ちくま文庫）二〇〇九
未完の『明暗』の続きとして書かれた創作。津田やお延がその後どのような運命をたどるか興味津々。

【付録エッセイ】

『漱石全集』第二十二巻「月報」（岩波書店　一九九六年三月）

「それ以前」の漱石

――世界のはずれの風

加藤典洋

二年ほど前、身の周辺に立て続けによくないことが生じ、滅入った。そういうことになると、だいたい活字が受けつけられなくなるのだが、もう四半世紀ほど前、中原中也の詩と文がわたしを助けた、そのように、その時は、必要があり手に取った『坊っちゃん』が、深くわたしを元気づけてくれた。なぜかはわからないが、『坊っちゃん』、続けて読んだ『三四郎』、『吾輩は猫である』、初期のこれらの作品、漱石の言葉、文章が、それだけ、身に沁みるように感じられたのである。

さて、結局わたしは、その年、勤めている大学で予定していた一年生用の演習の内容を急遽、「何の変哲もない」漱石の文献講読、読書会に変更し、結局その一年を数人の学生と漱石を読むのにあてた。その一年は、漱石に支えられるようにしてすごしたが、ここには、その時見つけた（と思った）もう一人の漱石、淋しい世界としての漱石の小説について、簡単に書いてみる。

これまで漱石の小説で一番好きなものはと訊かれる度、わたしは『それから』と答えてき

加藤典洋《かとうのりひろ》（文芸評論家）［一九四八―］『敗戦後論』『言語表現法講義』。

た。いま訊かれたら、たぶん「それ以前」、たとえば『三四郎』と言うだろう。先に述べた読書会では『猫』、『坊っちゃん』、『三四郎』と来て最後、『それから』を読んだ。続けて読んでみるとわかるが、この前の三作と『それから』の間には、はっきりと一線が引かれている。『それから』は、代助と三千代と平岡の三角関係を骨格にした小説だが、その特徴は、これを読んでいると、ここに世界の中心がある、と感じられる、ということにある。わたし達はふだん、こういうことを何とも思わないが、考えてみると、これは、不思議なことではないだろうか。

『猫』、『三四郎』、『坊っちゃん』にはこの中心感がない。別に言うと、『それから』にいたってそれまでの三作にあった、世界の中心から「はずれた」ところで物語が展開される、といった、ある「淋しい感じ」が消える。たぶんはこの中心を捉えているという感じが、近代小説の感触なのだろう。しかし今回、わたしに身に沁みるようだったのは、近代小説になると消える、このいわば繁華街からはずれた淋しい感じ、車のクランク運動にも似た、偏心性の佇まいだったのである。

わたしにとっては『坊っちゃん』も『猫』も『三四郎』も、その魅力の核はそのひんやりとした淋しさである。

『坊っちゃん』の語り手兼主人公（俺）はやたら威勢がよいから、ちょっと見ると物語の主人公のように見えるが、よくよく見ると、このヒトは余り物語に参加していない。坊っちゃんの本質は――『猫』の語り手である吾輩がそうであるように――傍観者たることにある。例の赤シャツ退治の場面でも、主人公は正義漢の山嵐で、坊っちゃんは山嵐が赤シャツに「俺は逃げも隠れもせん」と見得を切ると「俺も逃げも隠れもしないぞ」と物まね風に見得を切る。また、この小説は二葉亭四迷の『浮雲』の内海文三、お勢、本田昇からの本歌取りとも思える、うらなり、マドンナ、赤シャツの三角関係を物語の核にしているが、そこでも坊っちゃんはこの恋愛の磁場の外にあって傍観者にとどまる。ところで、そもそも若い男が主人公の小説にヒロインめいた女の登場人物が登場して、しかも主人公と彼女の間に恋愛関係が生じない、というのは、考えてみると、近代の小説にあって、かなり異様なことではないだろうか。小説の最後、東京での坊っちゃんの街鉄技手としての給料が「二十五円」とさりげなく記される。しかしこれは先に学校教師だった時の「四十円」よりだいぶ低い。語り手はよく見ると世界から少し離れたところにいる。そこにはひんやりした風が吹いているが、『坊つちやん』はちょうど月給が「十五円」減って終わる、そういう、淋しい小説なのである。

『三四郎』は、ふつう美禰子をめぐる三四郎の憧れと失恋の物語と考えられている。しかしわたしの考えでは、この小説は美禰子と野々宮さんと美禰子のいいなずけとして登場する男の三者からなる、三角関係の小説であって、ここでも世界の中心の外にあり、そのことに気づかない人物として造型されている（その意味でこの小説は主人公が当初赤シャツにだまされ、うかつにもずいぶんと長い間山嵐を誤解し続ける『坊つちやん』の一面を引き継いでいる）。わたしがこの小説でひどく好きなのは、その最後の場面、なんだかんだいっても世界の魅力の中心を体現していた美禰子が小説の世界から去る、そのがらんどうになった世界を、残された広田先生、野々宮さん、三四郎、与次郎の四人が歩く、淋しいシーンだ。そこには美禰子の大きな絵がかかっている。小説は、その前を歩く野々宮さんがメモをしようとふと内ポケットに手をやるとその手が用済みの美禰子の結婚披露の招待状に触れ、野々宮さんがその招待状を「引き千切って」床に棄てる、そういうシーンで終わる。ここでは小説世界がいわば世界から置き去りにされているのだが、この感じ、火の消えた世界の感じが、わたしにはたとえようもなく、ひんやり、心に沁みるのである。

考えてみると、『猫』からこの『三四郎』まで、小説の核心をなしているのは、すべて男女間の三角関係である（『吾輩は猫である』では金田家の富子と寒月と多々良三平）。小説の主人公はその三角形の中心に、『猫』、『坊つちやん』、『三四郎』と進むにつれ、徐々に近づき、とうとう『それから』にいたってその当事者になる。世界の中心と作品世界の中心はそこで一致する。それと引き換えにあの「淋しい感じ」が消える。

わたしはいくつかの村上春樹の作品から、漱石の小説に通じるものを受けとるのだが、このささやかな漱石再発見を経た後で、村上の『世界の終りとハードボイルド・ワンダーランド』を読んで、「ハードボイルド・ワンダーランド」の部分の最後のシーンが、かつてはそうでなかったのに、いつの間にか自分に同様に好ましく感じられていることに気づいた。『吾輩は猫である』では長い一日が終わり、苦沙弥の家に集まった寒月、東風、独仙たちがいっせいに帰り始めると、「寄席がはねたあとの様に座敷は淋しくな」る、と記される。「呑気と見える人々も、心の底を叩いて見ると、どこか悲しい音がする」という感想が猫の口をついて出、その数頁先で猫は溺死するのだが、村上の小説でも最後、小説が終わりに近づくと、自分が一人だけ世界から消えることを宣告された主人公が、世界に残され、そこで買物をし、女友達と別れ、街を歩く。

自分の世界はもうそこにはない。自分が生きているのは世界のはずれだ。『三四郎』から『世界の終りとハードボイルド・ワンダーランド』まで、二つの偏心性の淋しさが、あの「充実」しきった日本の近代を、サンドウィッチしている。

そう想像することは、わたしの心を楽しませる。

神山睦美（かみやま・むつみ）
＊1947年岩手県生。
＊東京大学教養学部教養学科卒。
＊現在　文芸評論家。
＊主要著書
『思考を鍛える論文入門』（ちくま新書）
『読む力・考える力のレッスン』（東京書籍）
『夏目漱石は思想家である』（思潮社）
『二十一世紀の戦争』（思潮社）
『小林秀雄の昭和』（思潮社、鮎川信夫賞）

漱石《そうせき》の俳句《はいく》・漢詩《かんし》　　コレクション日本歌人選　037

2011年10月31日　初版第1刷発行
2018年10月5日　初版第2刷発行

著者　神山睦美
監修　和歌文学会

装幀　芦澤泰偉
発行者　池田圭子
発行所　有限会社　笠間書院
東京都千代田区神田猿楽町2-2-3［〒101-0064］
電話　03-3295-1331　FAX　03-3294-0996
NDC分類 911.08

ISBN978-4-305-70637-9

印刷／製本：シナノ
（本文用紙：中性紙使用）

コレクション日本歌人選 第Ⅰ期～第Ⅲ期

*印は既刊。 ★印は次回配本。

第Ⅰ期 20冊 2011年（平23）2月配本開始

1. 柿本人麻呂* かきのもとのひとまろ 髙松寿夫
2. 山上憶良* やまのうえのおくら 辰巳正明
3. 小野小町* おののこまち 大塚英子
4. 在原業平* ありわらのなりひら 中野方子
5. 紀貫之* きのつらゆき 田中登
6. 和泉式部* いずみしきぶ 髙木和子
7. 清少納言* せいしょうなごん 圷美奈子
8. 源氏物語の和歌* げんじものがたりのわか 高野晴代
9. 相模 さがみ 武田早苗
10. 式子内親王* しょくしないしんのう 平井啓子
11. 藤原定家* ふじわらのていか（さだいえ） 村尾誠一
12. 伏見院 ふしみいん 阿尾あすか
13. 兼好法師 けんこうほうし 丸山陽子
14. 戦国武将の歌* 綿抜豊昭
15. 良寛 りょうかん 佐々木隆
16. 香川景樹* かがわかげき 岡本聡
17. 北原白秋* きたはらはくしゅう 國生雅子
18. 斎藤茂吉* さいとうもきち 小倉真理子
19. 塚本邦雄* つかもとくにお 島内景二
20. 辞世の歌* 松村雄二

第Ⅱ期 20冊 2011年（平23）10月配本開始

21. 額田王と初期万葉歌人 ぬかたのおおきみとしょきまんようかじん 梶川信行
22. 東歌・防人歌 あずまうたさきもりか 近藤信義
23. 伊勢 いせ 中島輝賢
24. 忠岑と躬恒 みぶのただみねとおおしこうちのみつね 青木太朗
25. 今様★ いまよう 植木朝子
26. 飛鳥井雅経と藤原秀能★ あすかいまさつねとふじわらのひでよし 稲葉美樹
27. 藤原良経 ふじわらのよしつね 小山順子
28. 後鳥羽院 ごとばいん 吉野朋美
29. 二条為氏と為世 にじょうためうじとためよ 日比野浩信
30. 永福門院 えいふくもんいん（ようふくもんいん） 小林守
31. 頓阿 とんな（ていとく） 小林大輔
32. 松永貞徳と烏丸光広 まつながていとくとからすまるみつひろ 加藤弓枝
33. 細川幽斎 ほそかわゆうさい 高梨素子
34. 芭蕉* ばしょう 伊藤善隆
35. 石川啄木 いしかわたくぼく 河野有時
36. 正岡子規 まさおかしき 矢羽勝幸
37. 漱石の俳句・漢詩* そうせきのはいく・かんし 神山睦美
38. 若山牧水★ わかやまぼくすい 見尾久美恵
39. 与謝野晶子* よさのあきこ 入江春行
40. 寺山修司 てらやましゅうじ 葉名尻竜一

第Ⅲ期 20冊 2012年（平24）6月配本開始

41. 大伴旅人 おおとものたびと 中嶋真也
42. 大伴家持 おおとものやかもち 池田三枝子
43. 菅原道真 すがわらのみちざね 佐藤信一
44. 紫式部 むらさきしきぶ 植田恭代
45. 能因 のういん 高重久美
46. 源俊頼 みなもとのしゅんらい（としより） 高野瀬恵子
47. 源平の武将歌人 上宇都ゆりほ
48. 西行 さいぎょう 橋本美香
49. 鴨長明と寂蓮 ちょうめいとじゃくれん 小林一彦
50. 俊成卿女と宮内卿 しゅんぜいきょうのむすめとくないきょう 近藤香
51. 源実朝 みなもとのさねとも 三木麻子
52. 藤原為家 ふじわらのためいえ 佐藤恒雄
53. 京極為兼 きょうごくためかね 石澤一志
54. 正徹と心敬 しょうてつとしんけい 伊藤伸江
55. 三条西実隆 さんじょうにしさねたか 豊田恵子
56. おもろさうし 島村幸一
57. 木下長嘯子 きのしたちょうしょうし 大内瑞恵
58. 本居宣長 もとおりのりなが 山下久夫
59. 僧侶の歌 そうりょのうた 小池一行
60. アイヌ叙事詩ユーカラ 篠原昌彦

『コレクション日本歌人選』編集委員（和歌文学会）
松村雄二（代表）・田中 登・稲田利徳・小池一行・長崎 健